넴새들

들 시리즈 ─ 04

냄새들

냄새로 기억되는

그 계절, 그 장소, 그 사람

꿈꾸는인생

김수정

지음

냄새와 기억에 관한 이야기

35년 인생, 엄마에게 많이 들었던 말 세 가지만 꼽아 보자면 다음과 같다.

사랑하는 딸 밥 먹었니.
그거 얼마 주고 샀어, 또.
하여간 유별나, 유별나.

특히나 유별나다는 말은 세발자전거를 탈 때부터 들어왔다. 나는 냄새에 징그럽게도 민감했다. 음식이 상한 것을 엄마보다 빨리 알아챘고, 엄마가 평소에 안 넣던 걸 넣기라도 하면 귀신같이 맡고선 "엄마! 찌개 맛이 이상해!"를 외치곤 했다. 빨래에서 조금만 꿈꿈한 냄새가 나도 "엄마! 이거 왜 이렇게 빨았어!" 하고 복장 터지는 소리를 했다. "하여간 유별나, 유별나. 너는 또 무슨 냄새가 난다고 그래." 그때마다 아빠는 당신한테 불똥이 튈까 봐 두 여자의 눈치를 번갈아 살폈다. 후각에 민감한 외동딸을 둔 어느 집의 흔한 풍경이다.

계절의 경계선에 다다를 때마다 느껴지는 기억의 냄새, 남편의 목덜미에서 퍼져 나오는 피곤의 냄새, 여행지의 추억을 끄집어내는 빗방울 냄새, 햇살 냄새, 비 오는 날 1교시 냄새, 강아지의 귀여운 꼬순내와 구수한 커피 향까지, 냄새에 관한 한 그냥 넘어가는 법이 없다. 잠시 멈춰서 코끝을 간지럽히는 냄새를 맡고, 무언가를 떠올리고, 아파하고, 행복해하고, 얼마간 외로워한다. 내 안에 머금은 냄새들이 많다. 이 냄새들은 시도 때도 없이 코끝으로 들어오고, 마음으로 나간다. 가끔은 마음으로 들어왔다가, 코끝으로 나간다. 떠올리는 것만으로도 맡아지는 냄새들이 있다.

　말하자면 이 책은 나의 별스러운 후각이 빚어낸 냄새와
그 냄새가 불러들인 기억에 관한 이야기다. 나를 잘 아는
지인들은 "냄새에 관한 책이라니. 너다운 책을 썼네"라고
할 것 같고, 나를 드문드문 아는 이들은 '냄새에 관한 책이
라니. 이런 사람인 줄은 몰랐네' 하며 고개를 갸웃할 것이
다. 수많은 책 가운데 이 책을 선택한 당신이라면 '냄새에
관한 책이라니. 나만 그런 게 아니었네' 하며 반가워할 것
이라 생각한다.

　엄마는 내 책의 주제가 냄새라고 하니 이렇게 말했다.

　"너 임신했을 때 엄마가 얼마나 입덧을 심하게 했는지
아니. 만삭 때까지 밥도 제대로 못 먹었어, 애. 얼마나 까
다로운 애가 나오려고 그러나 했지. 엄마가 소재 좀 줄게.
밤새 할 얘기 천지야. 언제 집에 와서 하루 자고 가."

　딸내미가 책 한 권 썼다고 이제 소재 얘기도 먼저 꺼내
는 엄마다.

　이 책에서는 바삭바삭 종이 냄새밖에 나지 않을 테지만
한 자 한 자 읽어 내려가며 함께 추억할 냄새가 많았으면

좋겠다. 각자의 냄새, 각자의 기억과 함께 이 책을 즐겨 주시길. 이 책을 읽는 동안 스쳤던 향기들이 당신의 기억 저편에 슬쩍 묻어나길. 그리고 언제고 그 향기와 함께 이 책이 떠오르길.

| 목차 |

· 단행본은 『 』, 영화와 드라마, 곡명은 〈 〉로 표시했다.

어떤 냄새는
떠올리는 것만으로도 맡아진다.

이렇게 가만 앉아
우리의 내음들이 선명히 묻어 있는
시절과 계절을 떠올려 본다.

잊지 않고 기억하려,
오늘도 코끝에 냄새를 적시며
오늘을 또렷이 마음에 묻힌다.

계 절 경 계 선

계절이 바뀌는 순간. 어젯밤까지 겨울이었다가 하루아침에 봄이 되는 순간. 나는 그 찰나의 냄새를 맡는다. 공기의 질감과 온도와 향기가 달라짐을 느낀다. 어제의 계절이 내일의 계절에 바통을 터치하는 그날은 언제나 마음이 말랑해진다. 흐르는 시간의 속도를 느끼며 바뀐 계절의 공기를 손가락 끝으로 만져 본다. 지나간 날들을 흘려보내기도, 아쉬움에 붙잡아 보기도 한다. 왜 이제야 왔냐고, 왜 벌써 왔냐고 묻기도 한다. 나는 이걸 '계절경계선'이라 부른다.

계절은 냄새와 함께 다가온다. 계절의 냄새에는 어김없이 기억의 흔적이 묻어 있다. 지난해 이맘때 날 할퀴었던 말, 보듬었던 손, 웃고 떠들며 보았던 영화, 거닐던 거리의 소음 등. 종종 후각은 시각이나 청각보다 후순위가 되곤 하지만, 적어도 나에게 있어 후각은 과거를 가장 생생히 떠올리게 하는 감각이다. 과거를 맡게 하는 감각. 그리고 그 감각이 가장 예민해지는 순간이 바로 계절경계선 위에 섰을 때다.

사계절이 있다는 게 싫었던 적도 있다. 계절이 향기를 바꿔 뿌릴 때마다 지난 과거에 한 대 맞아야 하는 게 아팠다. 시간이 1년 전으로 돌아간 듯해 붕 뜬 채로 지내는 것도 번거로웠다. 지금은 안다. 일 년에 네 번, 계절의 초입마다 감각할 추억이 있다는 게 얼마나 감사한 것인지를.

내년 이맘때엔 어떤 향기로 어떤 장면을 추억하게 될까. 기대와 설렘을 품으며 계절경계선 위에 가만 서 있어본다. 나무가 고개를 흔들며 가벼운 춤을 추고, 바람이 그 사이를 스치며 장난스럽게 날아가는 걸 느낀다. 그렇게

새로운 계절에 실려 온 냄새를 맡고 만지다 보면, 지난 계절의 고민은 어느새 사사로운 일이 돼 버린다. 묵은 고민은 이미 저만치 날아갔다. 그렇게 이 계절에 새로운 냄새와 기억들을 적시며 또 다른 고민을 쌓아 간다.

바뀐 계절의 냄새를 한 움큼 마시며 오늘 하루를 가뿐히 보내기로 한다. 코끝을 살짝 들어 새로운 계절과 잘 지내보려 인사한다. 어느덧, 어느새, 새 냄새와 함께 가을이 찾아왔다.

계절의

발견

'계절'이라는 단어를 입 안에 머금었을 때 가장 먼저 겨울이 떠오른다. 정확히 어느 겨울이라고 콕 집어 기억할 순 없지만 공기의 온도가 바뀌고, 입은 옷의 무게가 느껴지고, 살갗이 아팠던 감각을 기억한다. 계절은 손바닥 위에 올려놓고 아 이것이 계절이구나 알아챌 수 있는 물건이 아니지만, 겨울만큼은 내게 유형의 개념으로 여겨진다. 체감과 발견은 냄새와 함께 이루어졌다. 내가 맡는 이 냄새가 겨울의 냄새라는 것. 계절의 냄새라는 것. 그 시간, 그 공간에 겨울이라는 계절이 있었구나 하는 체감. 내가 최초로 발견한 계절은 겨울이었다.

겨울 공기에서는 푸른 냄새가 난다. 거리의 나무는 이 파리 하나 두른 것 없이 마르고 앙상하지만 나는 신기하 게도 겨울에서 푸른 냄새를 맡는다. 콧속으로 밀려 들어 온 푸르고 찬 겨울 냄새는 가슴과 머리로 나뉘어 흩어진 다. 냄새를 깊게 들이쉴 때마다 가슴은 비장해지고, 머리 는 맑아진다. 사람들이 겨울을 쓸쓸한 무언가로 여기는 것이 신기하다. 오히려 나는 초저녁이 되어도 해가 사라 지지 않고 분주한 공기로 가득한 여름이 외롭다. 저 바쁜 세계에 편입되지 못했다는 소외감이나 이 열기가 언제 식 을지 모른다는 불안함, 영원한 태양 같은 것에서 황망함 을 느낀다. 그에 반해 내게 겨울은 날카로운 공기 속에서 중요한 것에만 집중할 수 있는 시간, 바깥이 아닌 안으로 온기를 끌어모으는 힘의 계절이다. 무엇보다 이 모든 것 을 가능하게 하는 푸르디푸른 겨울 냄새가 좋다. 겨울만 되면 모든 것이 다 잘될 거라는 희망에 부푼다.

도톰한 니트에서 나는 석유 냄새, 그 냄새와 비슷했던 교실의 난로 냄새를 기억한다. 바깥은 춥지만 나를 둘러싼 공기는 따뜻했다. 안온함은 석유 냄새를 타고 마음에 닿았다. 그건, 무언가가 열심히도 제 몸을 휘발시키며 나를 보살펴 주고 있다는 느낌이었다. 그래서 그런지 나는 세탁소에 가는 걸 좋아한다. 세탁소 특유의 석유 냄새에서 겨울을 본다. 봄 여름 가을 겨울 사계절 어느 때 가든 세탁소는 늘 겨울이다. 포근하고 따뜻한 곳. 구겨진 옷도, 얼룩진 옷도 결국엔 깨끗해질 것이라는 안도감을 느낄 수 있는 곳. 겨울마다 느끼는 긍정의 마음을 세탁소에서도 느낀다.

어린 시절 엄마는 가난한 사람에게 겨울은 힘든 계절이라고 입버릇처럼 말했지만, 그래도 난 겨울이 좋았다. 엄마가 목 끝까지 덮어 준 솜이불에서 나던 장롱 냄새, 귀에 걸어 준 분홍색 면 마스크에서 희미하게 느껴지던 엄마의 크림 냄새가 따뜻했다. 묵직한 이불을 덮을 때, 보드라운 마스크를 쓸 때면 마음이 간질간질했다. 그럴 때마다 히죽 웃으며 엄마를 힐끗 바라보았다. 또 뭐가 그렇게도 신났어 하는 표정으로 내 얼굴을 쓰다듬는 엄마의 거친 손에서도 어렴풋이 겨울의 냄새가 묻어 있었다. 빨랫비누 냄새, 연탄집게의 매캐한 냄새 같은 것들이.

몇 해 전 캐나다로 여행을 떠났다. 사납다는 아홉수를 지독하게 겪고 있던 해였다. 인생이 내 마음대로 되지 않는 것쯤은 진작 알고 있었지만, 작은 실수가 꼬이고 꼬여 걷잡을 수 없는 사건으로 번져 나갈 수 있다는 것은 처음 알게 된 해였다. 나로서는 상상조차 할 수 없는 거짓말들을 견뎌 내야 했고, 난생처음 가 보는 장소들을 오가며 나를 설명하고, 상황을 설명해야 했다. 언제 통보될지 모르는 미래에 마음 졸이며 일상을 겨우 버텼다. 그 덕에 오래 바라 왔던 꿈을 지우개로 벅벅 지워야 했다. 내가 속한 여러 카테고리에서 불운이 동시에 쏟아졌다. "고생했어. 어쩜 이럴 수가 있니. 이런 일 다신 없겠지. 없을 거야." 친구의 위로 전화에 문득 캐나다가 떠올랐다. 로망의 나라 캐나다. 힘들 때마다 찾아보던 캐나다 사진들이 머리 위 스크린에 띄워졌다. 그날 캐나다행 비행기 표를 끊었다.

캐나다가 로망의 나라가 된 것은 온전히 큰고모 때문이었다. 고모는 밴쿠버에 이민 간 딸네 집에 매년 한 달씩은 머물다 왔다. 고모는 캐나다에 다녀오고 나면 한동안 '캐나다' 이야기에 여념 없었다. 캐나다가 얼마나 선진국이고, 밴쿠버는 또 얼마나 살기 좋은 도시인지. 딸과 손주들이 얼마나 행복하게 지내고 있는지. 고모의 맛깔나고 화끈한 언변에 푹 빠져 캐나다 이야기를 듣고 있으면 나도 그곳에서 살고 싶었다.

고모의 딸, 그러니까 나의 사촌 언니가 이민 가던 날의 김포공항을 기억한다. 김포공항은 작고 우중충했다. 언니는 눈물 한 방울 흘리지 않고 출국 게이트 안으로 총총 들어갔고, 언니가 시야에서 사라지자 고모가 서럽게 눈물을 쏟아 냈다. 캐나다가 어디인지 전혀 알 수 없었지만 늘 화통했던 고모가 눈물을 흘리자 나도 덩달아 울었다. 고모부는 우는 나를 자판기 앞으로 데려가 율무차를 뽑아 줬다. 처음 마셔 보는 율무차. 오독오독 고소한 맛과 달큰한 향기는 내게 이국적인 어떤 것, 여행의 맛으로 각인됐다. 그래서인지 고모가 캐나다 이야기를 할 때마다 혀끝과 코끝에 율무차의 맛과 향이 감돌았다.

밴쿠버 공항은 희미하게 기억되는 20여 년 전 김포공항과 비슷한 느낌이었다. 작고 우중충한 공항. 언니는 밴쿠버에서도 좋은 동네에 살고 있었다. 지상 2층, 지하 1층의 예쁜 단독주택. 고모를 통해서만 듣던 언니의 안정적인 삶을 직접 볼 수 있어 좋았다.

며칠 뒤 로키 투어를 떠났다. 언니가 내게 준 선물이었다. 투어 버스를 타고 하루를 꼬박 달려 첫 번째 숙소에 도착했다. 작은 오두막이 여러 개 붙어 있었다. 끝도 없이 펼쳐진 산맥과 끝도 없이 이어진 도로 사이에 다소곳이 놓인 오두막들이 난쟁이 집처럼 작게 느껴졌다. 피곤한 몸을 이끌고 숙소에 들어서자마자 뜨끈한 나무 냄새가 나를 반겼다. 숙소 주인이 미리 데워 놓은 라디에이터의 열기가 온 방을 가득 채웠다. 그 열기가 녹인 나무 내음이 마치 방향제처럼 온 방에 넘실거리고 있었다. 그때 나는 울었다. 이 나무 냄새를 맡기 전까지 나를 둘러쌌던 괴로움들이 떠올랐다. 그 괴로움들을 버텨 내고 평온한 나무 냄새를 맡을 수 있는 지금에 감사했다. 그리고 그 순간부터 무엇이든 다시 시작할 수 있을 것 같았다. 그런 예감이 들었다. 결심과 결정은 오랜 숙고 끝에 찾아오기도 하지만, 때론 찰나의 순간에 또렷해지기도 한다. 그날이 그랬다. 차에서 우려 나온 듯 향긋한 나무 냄새에 둘러싸여 마음을 다졌다.

몸을 씻고 숙소 밖으로 나갔다. 캐나다는 가을이었지만 로키엔 이미 겨울이 찾아왔다. 가을 한복판에서 발견한 겨울이었다. 푸른 겨울 냄새가 코끝에 착 달라붙었다. 불과 몇 달 앞선 겨울이었지만, 몇 년 만에 만난 것처럼 낯설었다. 초저녁의 하늘빛으로 물든 로키산맥을 바라보며 공기를 크게 한 모금 들이마셨다. 푸릇한 겨울 내음으로 물든 가슴은 비장해지고, 머리는 맑아졌다. 역시 내게 겨울은 무한 긍정, 무한 다짐의 계절이었다.

3박 4일간의 로키 투어 내내 겨울 냄새에 흠뻑 취했다. 설상차를 타고 아이스필드 위를 지날 때, 크기를 가늠할 수 없을 정도로 거대한 눈산을 양쪽에 끼고 달릴 때, 에메랄드빛 레이크 루이스의 아름다움에 넋을 놓았을 때, 흰 설탕이 쏟아진 듯 무수히 많은 별 아래 섰을 때, 쉼 없이 배를 부풀려 공기를 마시고 겨울 냄새를 느꼈다. 언제고 삶이 다시 고달파지면 이 겨울 냄새를 떠올리자, 잊지 말고 기억하자고 코끝에 냄새를 새겼다.

캐나다 여행 마지막 날, 밴쿠버로 돌아와 언니와 밤새 술잔을 기울였다. 언니는 고모와 고모부, 그러니까 부모님의 임종을 지켜보지 못한 것을 떠올리며 가슴 아파했다. 내겐 늘 선진국 '캐나다'에서 여유롭고 걱정 없이 사는 언니였는데, 그건 미처 생각 못 한 슬픔이었다. 나는 언니가 이민 가던 날 마신 율무차의 냄새와 목 넘김이 기억난다고 말했다. 그리고 언니는 그날 참 가뿐히도 떠났었다고. "그땐 내가 참 독했지. 고작해야 20대였어. 어리고 뭘 몰라서 독할 수 있었던 거야." 언니의 마음을 다 알 수는

없지만 내가 생각한 것만큼 마냥 아름답지만은 않았을 이
민 생활이 희미하게나마 느껴졌다.

다음 날 나는 겨울의 다짐과 언니의 마음을 짐 가방에
넣어 떠날 채비를 했다. 언니는 눈물을 애써 참으며 현관
문에서 나를 배웅했다. 공항까지 가면 돌아오는 길이 힘
들 것 같다며. 20여 년 전 웃으며 한국을 떠났던 언니가 울
먹였다. 내가 갖고 간 고국의 냄새가 언니의 예쁜 집에 얼
마간 묻어 있기를 바라면서 형부가 모는 차를 타고 밴쿠
버 공항으로 향했다.

결혼하고 나니 언니가 캐나다의 마지막 날 터놓은 마음
들이 자주 떠올랐다. 친정에서 비행기로 10시간도 넘게
날아가야 하는 곳의 삶이란 어떤 것일까. 부모님의 임종
을 듣고도 단숨에 뛰어갈 수 없는 삶이란 어떤 것일까. 시
부모님을 모시고 낯선 나라에서 사는 삶이란 어떤 것일까
하고. 차로 30분 거리에 있는 친정집 냄새가 아직도 이렇
게 그리운데. 엄마가 덮어 주던 이불 냄새, 귀에 걸어 주던
마스크 냄새가 코끝에 선연한데.

봄,

새 학기

대학 입학을 앞둔 봄 방학, 사당역 음반 가게에서 아르바이트를 하고 있었다. 이준익 감독을 닮은 사장님이 있던 그곳은 장사가 정말이지 안됐다. 과천, 수원, 분당행 버스 정류장 앞이라 위치 하나는 기가 막히게 좋았지만, 사람들은 음반을 사는 것보다 멜론 TOP100을 듣거나 DMB로 드라마를 보기에 바빴다. 가게의 주 손님층은 등산복을 입은 아주머니, 아저씨들이었다. 그분들은 주로 트로

트 메들리 테이프를 사 갔다. 이런 걸 하루에 두어 장 겨우 팔고 나면 사장님이 굳이 알바생을 두면서까지 장사를 하는 이유가 뭔지 궁금했다. 사장님은 외모뿐만 아니라 이준익 감독 특유의 서슴없고 바쁜 말투와 목소리까지 닮았는데, 아주 가끔 가게에 들러 손 안 다치고 상자 뜯는 법(칼은 늘 나와 반대쪽으로) 같은 걸 정신없이 알려 주고는 황급히 떠났다.

사장님이 없는 사이 프랜차이즈 영업사원들은 가맹문의 카탈로그를 주고 갔다. 감독님, 아니 사장님은 이런 사람들 오면 그냥 무시하라고 성을 내며 카탈로그를 내다 버렸다. 뮤직 이즈 마이 라이프, 뭐 그런 건가. 딱히 그런 것 같지도 않았다. 내가 그곳에서 아르바이트했던 이유는 나름 야심 찼다. 숨은 명곡으로만 플레이리스트를 채운 다음, 가게를 사당역 명소로 만들고 싶었다. 하지만 사장님은 보아의 〈Everlasting〉과 드라마 〈궁〉 O.S.T 〈Perhaps Love〉만 주야장천 틀게 했다. 공부 말고도 내 맘대로 안 되는 게 또 있다는 걸 그때 처음 알았다.

손님 없는 가게에 멍하니 앉아 시간당 2,000원 조금 넘는 돈을 벌면서 나는, 대학 생활이란 어떤 것일까 궁금했다. 〈남자셋, 여자셋〉 같은 걸까, 〈카이스트〉 같은 걸까.

그것도 아니면 〈느낌〉, 〈광끼〉 같은 걸까. 웃기고 진솔한 친구들로 북적이는 삶. 예측 불가한 새로움이 넘실대는 일상. 절절한 사랑으로 물든 어떤 것. 〈Everlasting〉과 〈Perhaps Love〉를 무한반복 들으며 대학 생활의 모양을 가늠했다. 그것이 어떤 형태일진 몰라도 고등학교 생활보다야 다각도이지 않을까 싶었다. 꼭두새벽부터 사당역을 지나던 0교시 시절보다야 흥미롭지 않을까 싶었다.

전공 책을 옆구리에 끼고 교정을 누비는 내 모습을 상상하고 있던 어느 날, 보아의 낭랑한 목소리와 함께 따뜻한 봄 내음이 계산대 앞으로 서서히 밀려왔다. 익숙한 내음이었다. 그건, 교복을 입고 친구들과 주공 상가에서 만화책을 빌려 보고, 매점에서 빵또아를 사 먹던 날의 냄새였다. 농구를 마친 남자애들의 땀 냄새에 옅게 묻어 있던 봄 내음이었다. 토요일 4교시를 마치고 집에 가는 버스에서 다정하게 쏟아지는 햇빛을 맞으며 시디플레이어의 온기를 느끼던 날의 냄새였다. 새 학기, 새 교실 책상에 앉아 누구와 절친이 될까 가늠해 보는 탐색전의 향기였다. 나는 냄새를 맡으며 직감적으로 알았다. 봄바람을 교복 치마로 흩날리며 뛰어다니던 그때가 우리의 호시절이었음을. 조만간 이 향기를 사무치게 그리워할 것을.

대학교는 고등학교보다 시시했다. 적어도 3월 한 달은 그랬다. 송승헌, 손지창 같은 동기는 당연히 없었고, 더 당연하게도 내가 우희진, 채림도 아니었다. 아무 일도 일어나지 않았다. 교복 입고 분주히 돌아다니던 고등학생 때보다도 고요했다. 주변을 둘러보니 나처럼 당황한 기색이 역력한 부류와 그렇지 않은 부류로 나뉘었다. 그렇지 않은 아이들은 일단 옷차림새부터 남달랐다. 불과 몇 달 전까지 교복을 입었다는 게 믿기지 않을 정도로 그럴싸한 대학생 언니 오빠의 외형이었다. 반전은 지금 그때의 사진들을 들춰 보면 나나 그들이나 촌스럽긴 마찬가지라는 점. 2006년 즈음은 한국패션 암흑기였다.

기대와 다른 대학 생활에 적잖이 놀란 나와 내 친구들은 당혹스러움을 술로 달랬다. 월요일엔 농구동아리에서 술을 마시고 수요일엔 영상동아리에서 술을 마시고 금요일엔 역사탐방동아리에서 술을 마셨다. 신입생 모집 주간엔 술이 공짜였다. 공짜 술은 달고 시원했다. 우리는 공짜음주 주간이 끝난 후에도 삼삼오오 촌스러운 옷을 입고 모여 앉아 술잔을 기울였다. 난 아디다스 저지에 리바이스 롱 치마를 교복처럼 입고 다녔다. 운동화는 당연히 나이키 코르테즈. 다시 밝히지만 뭘 입었어도 어차피 촌스러웠을 패션 암흑기였다.

매일 보는 멤버들이 지루해지자 인근 학교 주점에 진출했다. 훤칠한 아이들이 많다는 주점도 가 보고 남의 학교 호수에서 배를 타며 노도 저어 봤다. 막차를 타고 겨우 집에 오면 술기운에 싸이월드 다이어리를 쓰고, 네이트온 대화명을 프랑스 영화 제목 같은 거로 바꿨다. 해장은 학생 식당 1,500원짜리 라면과 2,500원짜리 아이스 바닐라 라테. "우리 오늘은 진짜 술 마시지 말자"라면서 명동으로 가 캔모아 빙수를 원샷하고 정신을 차려 보면 술을 입에 퍼 넣고 있던 3월이었다. 온통 술로 보낸 스무 살의 봄. 숨을 쉬면 나한테서 어제 마신 술 냄새가 났고, 내 술 냄새에 내가 숙취가 올라와서 괴로운 봄이었다.

첫 중간고사 기간이 되자 비로소 흥청망청 모드에서 벗어날 수 있었다. 혈중 알코올 농도가 내려가니 모든 감각이 되살아났다. 술자리로 위태롭게 유지되던 인간관계와 홀로 남은 공강 시간을 못 견뎌 하던 유아적인 내가 보이기 시작했다. 교복만 벗었다뿐이지, 웃자란 스스로가 창피했다.

시험을 마치고 지하철역으로 혼자 걸어가는 길, 술 냄새밖에 안 나던 캠퍼스에 봄 냄새가 커튼처럼 살랑거렸다. 그 순간 친구들과 철없이 꿈을 그리던 교실이 떠올랐다. 음악과 영화에 관한 잡지를 만들고, 몽마르트르 언덕에서 포도주를 마시자는 공상을 나누던 봄의 교실. 야간자율학습 직전의 교실은 아이들의 조잘거림과 급식 냄새와 달뜬 기운이 한데 뒤섞여 분주했다. 이 풍선처럼 부푼 마음을 품은 채 책상으로 돌아가야 하는 현실이 싫었다. '1년만 더 버티면, 대학에 가면 모든 게 좋아질 거야.'

모든 게 좋아지진 않았지만 캠퍼스의 봄 내음을 맡는 지금이 문득 행복하다고 느꼈다. 더는 OMR 카드에 시험 답안을 쓰지 않아도 되었고, 밤늦도록 교실에 갇혀 있지 않아도 되었다. 그것만으로도 좋은 것 아닌가. 뭐든 될 수 있을 것 같았다. 뭐든 할 수 있을 것 같았다. 한낮의 동호대교를 건너며 다이어리에 꾹꾹 눌러 계획들을 적었다. 3호선에 가득 실린 봄 냄새를 맡으며 스무 살에 대해 생각했다. 이제부터 다시 꿈꾸며 살아야지. 제대로 살아 봐야지. 공강 시간에 책도 읽고 영어 공부도 해야지. 봄의 교실에서 품었던 꿈들을 이뤄 내야지.

하지만 시험 기간이 끝나자 언제 그랬냐는 듯 다시 흥청망청 모드로 돌아갔다. 스무 살이 그렇지 뭐. 우리는 다시 모여 소주와 맥주와 막걸리와 흑맥주를 번갈아 마셨고, 그러는 사이 봄은 저만큼 달아났다. 어느 날엔가 술을 마시고 있는데, 친구가 아르바이트를 소개해 달라고 했다. 레코드 숍 아르바이트를 하는 게 내내 꿈이었다고. '보아 노래만 종일 들어야 할 텐데….' (보아를 좋아하지만 반나절 내내 보아 목소리만 듣는 건 또 다른 차원의 문제다.) 친구의 부푼 꿈을 깨긴 싫어서 당장 사장님한테 문자를 보냈다. 곧 사장님한테서 전화가 왔다. "어, 어, 야. 수정아. 정-말 미안한데, 이번 주부터 알바 그만 나와야겠어. 딸내미가 유학 갔다 와서는 심심하다고 제가 하겠다고 하네. 아이고, 야. 미안해서 어떡하면 좋니." 일자리 알선은커녕 잘렸다. 친구는 말없이 내 빈 소주잔을 졸졸 채워 줬다. 역시 스무 살은 별로였어. 거지 같은 스무 살. 빨리 직장인이 되고 싶었다.

그렇게나 바랐던 직장인이 되었다(지금은 프리랜서지만). 시급 2,000원은 턱도 없는 이야기고, 우르르 몰려다니며 술이나 퍼마시던 스무 살이 다시 되고 싶진 않다. 매일 아침 6시에 일어나 밤 11시에나 집에 들어오는 교복 생활도 끔찍하다. 세월과 함께 수채화 빛으로 채색되곤 하는 젊은 날이지만, 그 시절을 재수강하라면 난 도망갈 거다.

그런데도 봄 내음만큼은 맡아도 맡아도 설렌다. 봄 냄새를 맡을 때면 새 학기의 설렘이 마음에 물든다. 지난달에도 직장인이었고, 이번 달에도 직장인이고, 다음 달에도 직장인인 사람의 봄에서는 느낄 수 없는 두근거림이다. 이번 봄에도 교실 뒤편에서 해사하게 뛰놀던, 값싼 안주에 술잔을 기울이던 순간들이 냄새와 함께 떠올랐다. 대책 없는 분주함으로 빛났던 3월. 순수하리만치 촌스러웠던 우리의 3월. 서른다섯의 봄이, 겨울잠을 자고 두어 달 만에 만난 또래들이 빚어낸 그 봄과 같을 수 없다. 교실과 캠퍼스만이 품고 있는 정서가 있다. 어딘가의 누군가로부터 옅게 흩어져 나온 새 학기의 봄 냄새를 맡을 때마다 나는 그 시절로 돌아간 듯 들뜬다.

명동

토다코사

토다코사를 기억하는지. 화장품 편집 숍의 원조 격이었던 토다코사는 향수를 좋아하는 고등학생에겐 파라다이스와 같았다. 온갖 향수를 직원 눈치 보지 않고 시향해 볼 수 있는 곳, 토다코사. 모의고사를 망친 날이나 독서실이 지겨워진 방학이면 명동 토다코사로 향했다. 불가리 블루, 쁘띠마망, 랑방 에끌라, 마크제이콥스 데이지 같은 향수들을 번갈아 가며 맡았다. 잡지에서나 보았던 향수들을 직접 맡으며 시간 가는 줄 모르고 토다코사를 점령했다. 향은 아무리 맡아도 지겹지 않았다. 특히 나는 제이로의 스틸, 글로우의 향기를 좋아했다. 제니퍼 로페즈Jennifer Lopez의 팬이기도 했지만, 스틸과 글로우는 지금 맡아도 웬만한 니치 향수에 뒤지지 않는 특별한 향이다. 스틸은 조금 더 경쾌하고, 글로우는 조금 더 포근하다. 가지고 있는 향수들이 전부 공병이 될 때까지는 새로운 향수를 사지 말자고 다짐했는데…, 글을 쓰고 있는 지금 생각이 조금 바뀌었다. 조만간 스틸과 글로우를 장바구니에 담게 될 것 같다.

토다코사에 줄기차게 출석 도장을 찍었지만, 정작 향수는 엉뚱한 곳에서 구매했다. 명동역 밀리오레에는 향수를 작은 공병에 덜어 파는 가게가 있었다. 한 병에 5,000원씩. 그곳에서 나는 고등학생 용돈으로는 살 수 없었던 향기들을 5,000원에 손에 쥘 수 있었다. 하도 자주 가다 보니 사장님은 서비스로 미니어처 향수나 추천 향수를 공병에 덜어 주곤 했다. 인심 넉넉한 사장님 덕분에 구찌 엔비미, 버버리 브리트, 위켄드 같은 향수를 접할 수 있었다. 그것들을 품고 집에 돌아오는 길이 그렇게나 행복할 수 없었다. 향수 하나로 내가 조금 더 나은 사람이 된 것 같았다. 지루했던 고등학생의 삶이 조금은 다채로워진 듯 뿌듯했다.

향수 거래처는 밀리오레 말고도 한 군데 더 있었다. 지금은 아리따움으로 바뀐 동네 화장품 가게. 그곳 사장님은 테스트용으로 내놨던 향수를 만 원 정도에 팔았다. 5,000원짜리 공병보다 양도 많았고, 향수병을 가질 수 있다는 점에서 좋은 선택지여서 자주 뿌리거나 유독 정이 가는 향수는 그곳에서 구매했다. 책상 위 향수 컬렉션은 학년이 올라갈수록 다채로워졌다. 그 옆엔 클린앤클리어 훼어니스와 미샤 메이크업 베이스, 에보니 눈썹 펜슬을 두었다. 요즘엔 고등학생들도 학교에 화장하고 간다던데, 그땐 컬러 크림과 눈썹 그리기, 향수가 꾸미기의 최대치였다. 서른다섯 살의 나는 선크림만 겨우 바르고 돌아다니는데, 고등학생의 나는 참 부지런하기도 했다.

거래처까지 뚫었지만 토다코사에는 여전히 발길을 끊을 수 없었다. 오직 그곳에서만 데메테르의 모든 향을 맡을 수 있었기 때문이다. 당시 데메테르는 센세이셔널했다. 비 냄새, 갓 빨래한 옷 냄새, 아기 분 냄새, 심지어는 눈물 냄새까지 있었다. 늘 또렷한 향기들만 맡아 왔기에, 눈물 냄새니 비 냄새니 하는 것들이 신선했다. 향수병에 붙어 있는 사진들도 감각적이었다. 다만, 데메테르의 향수를 공병에 덜어 파는 곳은 없었다. 15*ml*를 이만 얼마씩 주고 살 수 없었던 고등학생은 데메테르의 향이 그리울 때면 명동 토다코사로 달려갔다.

　사회생활을 시작하고, 향수에 이전보다 더 많은 돈을 투자할 수 있게 된 후로 더는 토다코사를 찾지 않았다. 정확히는 아예 잊고 지내다가 어느 날 문득 같은 자리에 올리브영이 생긴 걸 보곤 뒤늦게 토다코사의 폐업을 알아차렸다. 까맣고 심플했던 토다코사 간판 대신 연두색 간판이 걸린 걸 보고선 솔직히 조금 충격을 받았다. 언제 없어진 거지? 왜 여태 몰랐지? 명동에 일주일에 적어도 한 번씩은 왔었는데 이 골목을 지나며 전혀 눈치채지 못했다니. 화장품 하나 팔아 준 적 없는 고등학생에게 기껏 자유로운 시향을 선사했더니 돌아온 것이라고는 무관심뿐. 미안합니다, 토다코사.

　그렇게나 사고 싶어 했던 데메테르에도 흥미를 잃었다. 이런 말 데메테르에는 조금 미안하지만, 고등학생 때 거금이었던 이만 얼마가 여전히 거금처럼 느껴진다. 비 냄새를 뿌리기보단 비 오는 날 어울리는 고급스러운 향을 뿌리고 싶고, 아기 분 냄새를 구현한 대체제가 많아졌다. 볕에 잘 말린 빨래 향기는, 빨래를 진짜로 볕에 잘 말리거나 은은한 섬유유연제를 써서 건조기에 야무지게 돌리는 것으로 대신했다. 눈물 냄새는… 눈물 냄새를 몇 만 원씩 주고 사고 싶진 않은 마음이랄까. 예전보다 데메테르를 쉽게 볼 수 있게 되었지만 예전보다 눈길은 덜 주게 되었다. 정말로 미안합니다, 데메테르.

고등학생 때보다 향수를 더 좋아하는가 하면 잘 모르겠다. 교복을 입고 선반 위에 놓인 향기들을 정성껏 맡던 그때의 마음과는 분명 다를 것이다. 언제든 마음만 먹으면 원하는 향수를 화장대에 올려놓을 수 있고, 향수 말고도 나를 치장할 장치들은 많고 많으니까. 그렇다 보니 향수에 예전보다 무감각해진 것도 사실이다. 코로나로 집에서만 있는 날들이 많아지고, 삼십 대 중반이 되자 복잡한 것보다 단순한 것이 좋아졌다. 분명 좋아서 산 향수였는데 어느 날 문득 향을 맡으면 머리가 지끈거리기도 한다. 향수를 뿌린다고 내게 없던 매력이 생긴다거나 고급 취향처럼 보이지 않는다는 걸 아니까. 꾸미지 않아서 더 멋스러울 수도 있다는 걸 이제는 아니까.

동네에 딱 하나 있는 화장품 가게인 올리브영에는 무향

보디로션인 세타필이 다 떨어졌을 때만 간다. 예전 같으면 매대 하나하나 다 둘러보며 구경했겠지만, 이젠 딱 세타필만 집어 나온다. 어지간한 건 다 한 번씩 뿌려 본 것들이고, 발라 본 것들이다. 이제 필요한 것만 구매하는 나는 경험치와 함께 지혜로운 소비자로 거듭났다고 말할 수 있겠다. 남편이 이 문장을 읽으며 코웃음을 치겠지만 세타필이 매장 저 안쪽에 있는 걸 어쩌란 말이냐. 하여간 세타필을 구매하기 위해 올리브영 매장 깊은 곳으로 천천히 걸어가다 보면 눈을 반짝이며 화장품을 구경하는 학생들을 심심찮게 볼 수 있다. 아이들은 틴트를 하나하나 손등에 바르며, 향수를 서로에게 칙칙 뿌려 주며 까르르 웃는다. 내게 명동 토다코사가 있었다면 이 아이들에겐 올리브영이 그런 존재인 셈이다. 운동화나 가방 말고도 나를 꾸밀 수 있는 것들이 있는 곳. 진심과 사력을 다해 흥미를 둘 수 있는 곳. 가벼운 주머니로 누릴 수 있는 최대치의 즐거움이 있는 곳.

그 나이에는 안 꾸며도 예쁘다는 말은 안 하고 싶다. 두터운 아이라인과 시뻘건 볼터치를 한 학생들을 보며 가끔은 놀라기도 하지만, 훗날 본인의 사진을 들춰 보면 알게 될 일이니 미리 보태고 싶진 않다. 그 시절, 얼마나 꾸미고 싶은지 누구보다 잘 아니까. 그 나이에는 로션만 발라도 예쁘다는 말은 왕년의 토다코사 죽순이가 할 말은 아닌 것 같으니까.

여름날
_____

호 프
_____

_____

신혼집은 35년산 아파트. 단지만큼 상가들도 나이가 들었
다. 처음엔 감성 술집, 감성 맛집, 감성 카페가 없어서 아
쉬웠는데 지금은 이 묘하게 촌스럽고 오래된 가게들이 좋
다. 불편하고 낮은 감성 테이블 대신 넉넉하게 책을 읽을
수 있는 테이블, 감성 크로플 대신 복스러운 생크림이 올
라간 와플, 감성 소품 숍 대신 어린 시절 쓰던 공책을 만날
수 있는 문방구까지. 이곳에선 유난히 시간이 천천히 흘

러간다. 인스타 감성은 없지만 주공 감성은 있다. 멋스럽게 꾸미지 않아도 되는, 슬리퍼에 목 늘어난 티셔츠도 전혀 거리낌 없는 곳.

호프집에서도 주공 감성을 느낄 수 있다. 언제 붙였는지 알 수 없는 포스터와 다양해 보이지만 결국엔 치킨과 찌개류, 마른안주로 수렴되는 두꺼운 메뉴판. 일행들과 아늑한 분위기를 형성할 수 있는 칸막이도 동네 호프집만의 시그니처다.

처음 신혼집에 입주하고 남편과 동네 호프집에 들어선 순간, 익숙한 냄새를 맡았다. 안주들이 사이좋게 만들어낸 호프집 특유의 냄새 말이다. 그리고 그 모든 냄새 사이를 비집고 퀴퀴한 기름 전 내가 존재감을 발휘하고 있었다. 감성 술집에서는 결코 맡을 수 없는 냄새. 오랜만에 맡아 본 호프집 냄새였다.

호프집의 소박한 냄새를 맡으며 자리에 앉으면 끈적한 테이블이 우리를 반긴다. 그 위에 표면이 오돌오돌한 냅킨 한 장을 깔고, 테이블만큼이나 끈적한 낡은 수저를 올린다. 안주는 마늘 통닭과 먹태. 그리고 마침내 500cc 생맥주 잔이 턱 하니 우리 앞에 놓이면 마음이 하늘 위로 붕 뜬다. 그 순간부턴 끈적한 테이블이나 기름 전 냄새 따윈 문제 될 게 없다. 고소하고 상큼한 맥주 냄새만 콧가에 맴돌 뿐.

내게 호프집의 냄새는 여름 그 자체다. 여름 하면 맥주, 맥주 하면 호프집 아닌가. 호프집이 머금은 오래된 냄새와 그 냄새 때문에 더 고소하게 느껴지는 생맥주의 향기는 늘 나를 무장 해제시켰다. 그러니까, 이상하게 호프집에만 가면 속 이야길 하고 싶어진다는 거다. 호프집의 눅눅한 냄새, 칸막이, 어두운 조명 아래에서는 없던 마음도 생겨난다. 괜스레 내가 세상 둘도 없는 진솔한 사람이 된 것 같고, 내 앞에 앉아 있는 사람이 내 마음을 다 이해해 줄 것만 같다. 부끄럽지만 20대 내내 그랬다. 호프집에만 가면 진심, 진정성, 우정 타령에 여념 없었다. 나만 그랬던 건 아니라고 믿고 싶다. 칸막이 너머 옆 테이블의 목소리에 귀 기울여 보면 그들도 얼핏 진지해 보이지만 세상 알맹이 없는 이야기를 두 시간째 떠들고 있다. "내가 진짜 너하나 믿고 간다." "넌 진짜 좀 뭔가 다른 것 같아."

진정성이 넘치는 나머지 흑역사를 팔만대장경 수준으로 남긴 것을 고백한다. 누군가의 흑역사 속에서 당당히 한 테이블을 차지하기도 했다. 그런 흑역사들을 이 책에 소환했다가는 송사에 휘말리거나 이미지 실추의 우려가 있기에 마음으로만 간직하려 한다. 하지만 호프집 냄새를 맡을 때마다 늘 세트 메뉴처럼 함께 떠오른다는 것 또한 고백한다. 누군가의 기억에 내가 그렇게 남아 있을 것을 생각하니 괴롭다. 하지만 어쩌겠나. 여름은 덥고, 호프집은 퀴퀴하고, 생맥주는 고소한 데다 시원하기까지 한 걸.

생각해 보면 여름이라는 계절이 곧 흑역사의 시즌인 것도 같다. 땅 위에 조금은 붕 뜬 채로 지내는 여름엔 이성의 끈을 놓기가 쉽다. 그리고 여기엔 여름의 냄새가 한몫한다. 흙냄새를 머금은 장맛비, 우산 속 어깨를 맞부딪힌 두 사람의 땀 내음, 뜨겁게 달아오른 아스팔트의 냄새, 부채질해 주는 손에서 느껴지는 향수 냄새…. 여름 내내 이 냄새들에 둘러싸여 있으면 제정신 차리고 살기가 더 힘들다.

남편과 동네 호프집에서 생맥주 한 잔씩 나눠 마시다 보면 종종 우리가 20대로 돌아간 듯 마음이 찌릿하다. 여름날의 열기 속에서 갈팡질팡하던 시절들이 눈꺼풀 속에서 재생된다. 그땐 왜 그렇게 호프집에만 가면 진지해졌을까. 손에 잡히지 않는 여름날의 공기와 눈에 보이지 않는 관계들 속에서 이렇게 외치고 싶었던 건 아닐까. "내가 진짜 너 하나 믿고 간다." "넌 진짜 좀 뭔가 다른 것 같아."

믿고 싶은 건 많지만 믿을 수 있는 게 없었던 20대의 여름날이었다. 너는 다를 거라 믿었지만 도긴개긴이었던 20대. 이제는 무엇을 믿어야 할지 아주 조금은 갈피를 잡은 30대가 되었다. 남편과의 호프집 나들이에선 다행히도 아직 흑역사를 제조하진 않았다. 방심은 금물이다. 언제고 호프집 냄새에 취해 무장 해제될지 모를 일이다. 안 돼. 그런 흑역사 비웃음 권한을 남편에게 넘길 순 없지. 술잔의 고삐를 좀 더 꽉 붙들어 매야겠다.

향수의 도시에서

겪은

쇼킹 남프랑스

애증의 도시 남프랑스. 영화의 세계를 동경했던 학창 시절엔 꿈의 칸영화제가 열리는 곳이었고, 막상 기자가 되어 찾은 그곳은 지겨운 취재 전쟁터였다. 그럼에도 불구하고 남프랑스는 사랑할 수밖에 없는 곳이다. 에메랄드빛 지중해와, 피카소와 세잔의 그림이 살아 움직이는 듯 보드라운 햇살, 그 햇살을 받고 자란 건강한 식재료들은 누구라도 남프랑스와 사랑에 빠질 수밖에 없게 만든다.

영화제가 열리는 칸을 비롯한 니스, 에즈, 망통, 앙티브 등 프로방스알프코트다쥐르Provence-Alpes-Côte d'Azur 지역은 동네마다 그 색깔과 향취가 조금씩 다르다. 여러 도시 가운데 가장 가 보고 싶었던 곳은 그라스였다. 냄새 예민자로서, 향기 애호가로서 향수의 도시를 그냥 지나친다는 건 말이 안 되는 일이었다. 소설『향수』의 배경이었던 바로 그곳 그라스. 최대 향료 생산지 그라스. 조향사들의 성지 그라스. 대체 그라스에선 어떤 향이 날지 직접 확인하고 싶었다. 온 도시가 라벤더 향으로 넘실거릴까? 백화점 1층에서는 맡을 수 없는 신비로운 향으로 가득할까?

생애 처음으로 칸영화제 출장을 갔을 때, 나는 반나절을 쪼개 그라스로 향했다. 칸에서 그라스까지는 버스로 30분 정도 거리였다. 겨우 30분을 지나왔을 뿐인데 전혀 다른 풍광이 펼쳐졌다. 칸에 처음 도착했을 때 기대보다 작은 규모에 조금은 김이 빠졌었는데, 그라스에 비하면 칸은 대도시였다. 그라스는 정말 소박한 동네였다. 작고 투박한 상점들, 인적이 드문 거리. 근사한 맨션과 별장이 있는 칸과는 분위기가 전혀 달랐다. 솔직히 말하자면 그라스는 조금 음습하고 칙칙했다. 라벤더 향은커녕 골목마다 정체를 알 수 없는 악취마저 풍겼다.

기대했던 것과 달라 작게 실망했지만 이내 그라스의 매력에 푹 빠졌다. 따지고 보면 기대에 정확히 부응했던 여행지가 있긴 했나. 늘 예상했던 그림과 조금씩은 달랐고, 그 예측 불허의 역동성이 우리가 여행을 사랑하는 이유 아닐까. 뒷골목의 서늘한 그늘에 앉아 빨랫줄에 나풀거리는 색색의 옷가지와 그 위에 내려앉은 사랑스러운 햇살을 하염없이 바라보았다. 물 냄새와 내 살냄새가 남프랑스의 뜨거운 볕 아래서 구수하게 익어 가고 있었다. 여행의 감성이 정점에 오른 나는 백 장의 셀카 사진을 찍어 그 가운데 가장 잘 나온 사진 한 장을 #남프랑스 #그라스 #Grasse 따위의 해시태그를 달아 SNS에 올렸다.

얼마 뒤 SNS 다이렉트 메시지가 도착했다. 그라스에 살고 있다는 남프랑스 남정네였다. 메시지의 내용은 단번에 여행의 행복을 깨트렸다. 이 남정네는 자신의 성기가 슈퍼 디럭스 울트라 롱 사이즈라면서 집에 잠깐 들르라고 했다. 미친 거 아닌가? 이 물 좋고 햇살 좋은 동네에도 변태가 있다니. 그리고 어딜 오라 가라야. "집에서 그러고 있지 말고 나와라 이놈아. 산책도 좀 하고, 샤워도 좀 하고. 어두운 집구석에 앉아 인터넷이나 하고 앉아 있지 말고" 라고 메시지를 보내고 싶었지만 영문 타자를 치기 귀찮았

고 번역기를 돌리기는 더 귀찮았고, 무엇보다 너무 무서
웠기에 재빨리 차단 버튼을 눌렀다. 이 좁은 동네에 동양
인 여자는 나 혼자였다. 괜히 빨빨거리고 돌아다니다가
남프랑스 바바리맨과 마주칠까 봐 겁이 났다. 긁어 부스
럼 만들기 싫었다. 김화영 작가는 『행복의 충격』에서 지중
해를 이렇게 묘사했다. "지중해의 청춘은 대책 없이 행복
하고 무작정 천진하다. 그들은 모든 하늘과 바다의 아들
딸이기 때문이다." 남프랑스 바바리맨은 딱히 청춘이 아
닌 듯 보였지만, 대책이 없어도 너무 없었다.

　불쾌한 기분을 달래려 향수 가게로 향했다. 그라스에
상점이 많지는 않았는데, 그 많지 않은 와중에도 대부분
은 향수 가게였다. 다른 곳에서는 구하기 힘든 향수를 파
는 부티크가 몇 군데 있었다. 작지만 간판이 예쁜 가게에
들어갔다. 어떤 향을 찾느냐는 점원의 말에 '파우더리하
지만 유니크한' 향을 찾고 있다고 했다. 점원은 잠시 고민
하더니 딱 하나의 향수를 내게 건넸다. 여러 개 시향해 보
고 고르라는 것도 아니고, 정말 딱 하나. 점원의 미소에서
내가 그 향수를 마음에 들어 할 거란 확신이 느껴졌다.
"오!" 점원이 추천한 향수는 말 그대로 파우더리하면서도
유니크했다. 베이비파우더의 아늑함과 은은한 꽃 향이 조

화롭게 어우러졌다. 파우더 향은 자칫 잘못하면 너무 유치하게 느껴지거나 뻔해 보일 수 있는데, 그 향은 달랐다. 그 어디에서도 맡아 본 적 없는 향이었다. 10대 소녀부터 70대 노인까지 모두 쓸 법한 향이었다. 발랄하면서도 깊이 있고, 귀여우면서도 고혹적이었다. 신기했다. 이런 향이 세상에 존재할 수 있다니.

지금도 그 향수는 욕실 선반에 얌전히 놓여 있다. 한두 번 뿌릴 정도의 양만 남았다. 혹시나 살 방법이 있지 않을까 열심히 찾아봤는데, 안타깝게도 단종됐다. 다 쓴 향수 공병은 미련 없이 버리는 편이지만, 이 향수만큼은 버릴 수가 없다. 언제 또 남프랑스에 갈 수 있을지 모르게 되었고, 단종까지 돼 버리는 바람에 가더라도 더는 구할 수 없기 때문이다. 이럴 줄 알았으면 두 개 사 올 걸. 코로나를 예견한 것은 아니지만, 나는 여행지에서 향기 나는 아이템들을 두 개씩 사는 습관이 있다. 정말 마음에 든 것은 세 개까지도 품어 온다. '다시 오면 되지'라는 바람이 이루어지지 않을까 봐 생긴 버릇이다. 다시 올 수 있을까 싶었던 여행지들은 대부분 다시 찾아갔다. 하지만 정작 딱 하나만 사 온 향수는 이제 더는 살 수 없게 되었다.

애증의 남프랑스. 언제 다시 그곳에 갈 수 있을까. 나는 향수 뚜껑을 열어 점점 희미해져 가는 향을 맡을 때마다 남프랑스의 대책 없이 아름다웠던 지중해와 햇볕이 너무나도 그리워진다.

천재 조향사와

기레기

사이

향수의 세계에 눈을 뜬 고등학생 시절, '조향사'라는 직업을 처음 알게 되었다. 눈으로 볼 수 없고 손으로 만질 수도 없는, 하지만 존재만으로 그 가치를 드러내는 향기를 만드는 일이라니. 냄새에 예민하고, 향수를 좋아하는 내가 아니면 누가 조향사가 된단 말인가. 당장에 나는 조향사가 되는 방법들을 찾아봤고, 많지 않은 글들에서 몇 가지 힌트를 추려낼 수 있었다. 화학공학과를 가거나 프랑스로 유학을 가야 한다는 것. 문과생인 내가 공대를 가는 것은 일단 글렀고, 프랑스로 유학이라. 제2외국어가 불어였지만 시험용 암기만 겨우 하는 수준이었다. 조향사는 잠시 접어 두고, 일단 하던 공부나 하자 싶었다.

향수를 좋아하는 직장인이 되고 나서도 조향사라는 꿈을 임시보관함 폴더에 넣어 두고 좀처럼 삭제할 줄 몰랐다. 틈만 나면 폴더에 들어가 "조향사"라는 단어를 들었다 놨다 했다. 내가 조향사를 안 해서 그렇지, 했으면 진짜 향수 업계 난리 났다 난리 났어. 타고난 천재 조향사가 있다면 그것은 바로 나일 것이라고 근거도 없이 자신했다. 한창 향수 만들기가 유행하면서 손쉽게 조향사 체험을 할 수 있었지만, 잠재적 천재 조향사에게 원데이 클래스는 가당치도 않은 일이었다. 한다면 제대로 해 보고 싶었다.

SNS 변태를 만난 이후로 그라스를 다시는 찾지 않았다. 시간을 쪼개 갈 동네는 그라스가 아니라도 많았고, 대부분은 그라스보다 화사하고 예뻤다. 그러다 어느 해엔가 동료 기자들이 그라스에서 향수 만들기를 해 보자고 했다. 조향사의 도시, 향수의 도시에서의 원데이 클래스라면 해 볼 만할 것 같았다. 드디어 향수 역사의 한 획을 그을 순간이 오는 건가. 내 안에 비장함이 감돌았다. 조향이라고는 해 본 적도 없으면서 이상하게도 자신감이 넘쳤다. 자꾸만 나 자신을 조향 천재라고 여기며 콧김을 세게 뿜어 댔다.

음, 조향이라는 것은 실로 굉장한 일이었다. 1. 수십 가지 원료의 향을 모두 맡아 2. 기억해 뒀다가 3. 어울릴 만한 향을 골라 4. 적절한 비율로 배합해야 했다. 1번부터 4번까지 뭐 하나 쉬운 게 없었다. 일단 원료의 향을 맡는 것부터 엄청난 고비였다. 야심 차게 냄새를 맡기 시작했다가 열 개 정도 맡았을 때부터는 멀미가 났다. 코는 얼얼했고 그 냄새가 그 냄새였고 속이 울렁거렸다. 내가 알던 장미는 장미 향이 아니었고, 내가 예상한 바닐라는 바닐라 향이 아니었다. 그나마 다행인 것은 그곳에 한국인 연구원이 있었다는 사실. 복잡한 조향 과정을 영어나 불어로 들었다면 중도 포기했을 것이 분명했다.

편두통과 멀미를 참아 가며 맡은 수십 개의 향 가운데 원료로 사용할 향을 몇 가지 골랐다. 사실 골랐다기보다 거의 찍은 수준이었다. 내가 맡았던 향을 모두 기억하지 못했고, 나중에는 모든 향이 다 같은 향처럼 느껴지는 바람에 희미한 기억과 원료 이름에 의지해 몇 가지 원료 병을 찍어 내 앞에 놓았다.

다음은 이들의 배합 비율을 정해야 했다. 내가 생각한 향기는 이런 느낌이었다. 중성적이지만 그렇다고 너무 진하지는 않고, 꽃 향과 파우더리 향이 사이좋게 어우러지는 가운데, 톱코트는 우디 계열이고 미들 노트는 바닐라, 잔향은 잔잔한 꽃내음으로 마무리되는. 워싱이 멋스러운 청바지에 발가락뼈가 도드라진 맨발로 플랫 슈즈를 신고, 그 위에 스웨트셔츠를 무심하게 입은 여자가 쓸 법한 향이길 바랐다. 딥디크 필리소피나 아틀리에 코롱 러브 오스만투스, 프레시 슈가 그 사이 어딘가에 놓인 향을 만들고 싶었다. 아니, 만들 수 있을 것이라 생각했다. 원료를 고르는 것부터 힘겨워했던 나는 무슨 자신감인지 원료의 배합을 내 멋대로 정했다. 대충 이렇게 하면 되는 거 아닌가. 이대로 하면 내가 딱 그렸던 향이 나올 것 같았다.

열심히 원료들을 섞고 향을 맡았는데, 그랬는데, 이건 그냥 영락없는 야쿠르트 냄새였다. 요구르트 말고, 노란색 야쿠르트. 천재 조향사의 꿈이 덧없이 무너졌다. 내가 당황하자 조향사 선생님은 하루 정도 두었다가 향을 맡아 보라고 했다. 숙성을 시켜야 진짜 향이 나온다면서. 다음 날 맡아 봤더니 하루 숙성한 야쿠르트 냄새가 났다. 당연한 얘기지만 조향사는 아무나 되는 게 아니었다. 향수 좀 좋아한다고 천재 조향사를 운운하다니. 심지어 나는 꽤 진지했단 말이다.

  '이것도 기사냐', '나도 기자 하겠네', '요샌 개나 소나 기자 하네'. 10년 가까이 온라인 매체의 영화 기자로 일하면서 적지 않게 보았던 댓글들이다. 그때마다 나는 무너지지 않으려 부단히 노력했다. 지인들이 보기에는 연예인도 매일 만나고, 해외 출장도 자주 다니니 그럴싸한 직업 같았겠지만 나는 내 직업이 빛 좋은 개살구 같다는 생각을 자주 했다. 하루 24시간 일에 대해 생각해야 하고, 무거운 노트북을 이고 지고 다니며 상시 대기 모드로 지내면서도 온전히 인정받지 못하는. 이딴 기사 나도 쓰겠다는 소리나 듣는. "기레기"라는 슬픈 말로 불리곤 하는 직업. 그럴수록 나는 내 이름 옆에 붙는 '기자'라는 타이틀에 무게를 실으려 노력했다. 스쳐 지나가는 기사라도 독자들의 마음에 남을 수 있는 글을 쓰고 싶었다. 소위 받아쓰는 보도자료라도 문장을 다시 다듬고, 비문을 고치고, 제목을 특색 있게 바꾸려 애썼다. 데스크가 관심 없는 영화라도 열심히 기획 아이템을 발제하고, 취재원을 만나고, 그렇게 또

밤새 기사를 썼다. 그런데도 돌아오는 건 낮은 트래픽, 무플, 조롱뿐이었다. 나는 영화 전문지 기자도 아니고, 알아주는 일간지 기자도 아니고, TV에 나오는 기자도 아니었기 때문에. 당직하는 날이면 한 시간에도 열댓 개씩 공장처럼 기사를 뽑아내야 하는 기자였기 때문에.

그러다가도 기사 잘 봤다는 취재원의 메시지에 하루를 버틸 힘을 얻었다. "기자님 기사는 다르지"라는 입에 발린 소리라도 가슴에 담아 두고 힘들 때마다 떠올렸다. 언론 시사회가 끝나면 내 기사부터 찾아본다는 말은 기자 그만두기 직전까지도 큰 힘이 되었다. 그렇게 힘이 되는 말들을 탈탈 끌어모으며 하루하루를 버텼다. "기자를 더 해 봐도 될 것 같은데. 수정이 너는 잘하고 있다고 생각했는데." 회사를 그만두고, 더는 기자를 안 하겠다는 내게 선배가 해 준 말이었다. "선배. 저 더는 못 하겠어요." 질릴 만큼 질려 있었다. AI가 뉴스를 편집하며 이슈성 기사나 스타들의 SNS 기사, 홍보성 기사만 메인에 오르내렸다. 이전보다 사람들이 연예면 기사를 관심 있게 읽지 않았고, 특히나 영화 정보는 기사가 아닌 유튜브로 찾아보길 선호했다. 유통기한이 한 시간도 되지 않는 글을 쓰긴 싫었다. 이 오랜 무기력감을 그만 좀 떨쳐 내고 싶었다. 탈출하고 싶

었다. 좋은 기자가 되고 싶었지만, 끝내 되지 못한 채 그만
두었다.

그라스에서의 조향사 체험기를 가볍게 썼지만, 그날의
경험은 내게 꽤 충격으로 다가왔다. 조향사 그쯤 나도 할
수 있다는 생각은 내가 기자로 일하며 지겹도록 들었던,
그래서 상처받았던 '기레기'라는 말과 다를 바 없었다. 향
수 좀 좋아한다고 조향사를 꿈꾸다니. 내가 알면 뭘 안다
고. 해 본 적도 없으면서, 해 볼 생각도 없었으면서.

남이 하는 일은 다 쉬워 보인다. 저 정도는 나도 할 수
있을 것 같고, 대체 돈 받고 뭘 하는지도 잘 모르겠다. 그
런데 막상 해 보면 안다. 남이 하는 일 중에 쉬운 일은 하
나도 없다는 걸. 그 일이 쉬워 보이는 건, 그 사람이 죽을
동 살 동 노력한 끝에 힘든 내색 없이도 할 수 있게 되었기
때문이다. 돈 받고 하는 일 중에 쉬운 일은 하나 없다. 쉬
워서도 안 된다. 내 직업을 쉽게 폄하하는 이들을 싫어했
으면서, 정작 나조차도 누군가의 직업을 쉬운 일이라고
여겨 왔다. "개나 소나 다 하네." 이 말을 평생토록 하지 말
아야겠단 다짐을, 그라스를 떠나며 마음 깊이 새겼다. 손
목에 묻은 야쿠르트 향수를 쿵쿵거리며.

나이스하지 않은

냄새의 추억

후각은 참 신기하기도 하지. 여행지의 사진만 보아도 그때 그곳의 냄새가 느껴진다. 병에 담아 온 것도 아닌데 여행지의 비 냄새, 바다 냄새, 나무 냄새가 사진 한 장으로 고스란히 맡아진다. 그리고 처음 보는 풍경이 유독 오래 기억에 남듯, 냄새도 생전 처음 맡아 본 것이라면 바로 어제 맡은 냄새처럼 선명하다. 내 경우에 프랑스 니스는 듣도, 보도, 맡아 본 적도 없는 냄새의 도시로 기억된다. 니스에서 먹은 맛난 음식이나 아름다웠던 바다 색깔보다 처음 겪었던 그 냄새가 더 또렷이 생각난다. 그리고 부끄럽게 달아올랐던 내 얼굴의 열기도 함께.

동료들과 니스로 떠났다. 빈 열차가 우리를 맞이했다. 우리는 홀수였고, 앉다 보니 내가 혼자 앉게 됐다. 동료들과 대화를 나누기 위해 창가가 아닌 복도에 앉았다. 콧바람 쐬니 참말로 좋다, 가서 뭐 먹을까, 포도주를 한 병 사올까. 도란도란 수다를 떨며 니스로 향했다. 열차 밖으로는 지중해가 함께 달리고 있었고, 햇볕도 우리를 열심히 따라왔다.

출발지에서 두 정거장 정도 지났을까. 갑자기 거대한 냄새가 몰려왔다. 얼굴을 맞대고 떠들던 우리는 냄새의 존재감이 느껴지는 곳으로 동시에 고개를 돌렸다. 냄새는 점점 짙은 농도로 가까워졌다. 우리는 말을 멈추고 숨을 멈췄다. 한 외국인 남자에게서 나는 냄새였다. 여행하며 소위 액취증의 냄새를 적지 않게 경험했지만, 그날 니스행 기차에서 맡은 그 냄새는, 아 정말 차원이 달랐다. 참을 수 없는 냄새에 우리는 얼굴을 구길 수밖에 없었다. 그런데 이 남자가 우리 쪽으로 성큼성큼 다가오는 게 아닌가.

동료들은 망연자실 내 옆 빈자리를 바라봤고, 그 남자는 짙은 냄새와 함께 내 옆으로 왔다. 엄청나게 큰 가방을 뒤로 멘 남자는 앞 좌석과 내 무릎 사이를 끙끙거리며 지나서 옆자리에 털썩 앉았다.

출발할 때만 해도 텅텅 빈 열차였는데, 그 칸에 빈자리라고는 딱 내 옆자리밖에 없었다. 솔직히 나는 울고 싶었다. 보름 가까이 잠을 못 자서 머리는 딩딩 울렸고, 마감때문에 하루에도 커피를 몇 잔씩 부어 마시느라 속은 상할 때로 상한 터였다. 남자의 냄새에 금방이라도 토할 것처럼 속이 거북했다. 구원의 눈빛으로 동료들을 바라보니그들도 숨을 꾸역꾸역 참고 있었다. 태어나서 처음 맡아보는 냄새였고 앞으로도 맡을 일 없을 냄새였다. 독창성과 밀도 면에서 압도적이었다. 그렇다고 다른 칸으로 옮겨 타기도 애매했다. 그 남자가 내가 냄새 때문에 자리를피했다고 생각할까 봐.

울기 일보 직전의 상태로 최소한의 공기만 흡입하며 앉아 있는데, 남자는 커다란 가방에서 뭔가를 주섬주섬 꺼내기 시작했다. 힐끗 보니 가방만큼 큰 크기의 검정 비닐봉지였다. 대충 봐도 봉지 안에 묵직하고 커다란 무언가가 들어 있다는 걸 알 수 있었다. 이제 나는 냄새가 아니라 그 봉지가 겁이 나기 시작했다. 저 안에 대체 뭐가 들어 있는 걸까. 살벌한 뉴스와 드라마 같은 것들이 떠올랐고 심장이 제멋대로 날뛰었다. 이윽고 남자가 봉지 안에서 꺼낸 것을 본 뒤 나는 짧게 탄식했다.

남자가 꺼낸 것은 성경이었다. 심지어 그마저도 잔뜩 긴장한 채 살펴봤다. 의심할 여지없이 성경이었다. 남자는 가방 앞주머니에서 연필을 꺼내 밑줄을 그으며 읽기 시작했다. 나는 단지 그의 냄새 때문에, 그의 피부색 때문에 그를 잠시나마 테러범으로 의심했던 거다. 골똘히 성경을 읽는 그를 보며 나는 부끄럽고 미안했다. "니하오", "곤니치와" 인사를 걸며 휘파람 부는 외국인들을 향해 못 배워 먹은 인종 차별주의자라고 열불을 내면서도, 정작 나 또한 그들과 다를 바 없었다. 아닌 척 잘난 척은 다 해놓고 냄새라는 자극에 본능적으로 튀어나온 인종차별. 더 나빴다. 나는 니스에 도착할 때까지 벌게진 얼굴로 앉아 있었다. 나의 무지함이 창피했고, 그 창피함만큼이나 남자의 냄새도 고약했다. 니스역에 내려서도 한동안 남자의 냄새가 코에서 떨어지지 않아 괴로웠다. 그리고 그 냄새와 함께 내 속에 숨어 있던 인종 차별주의를 발견한 것 또한 못 견디게 괴로웠다.

머리가 아프도록 강렬했던 냄새 덕분일까. 성경을 읽던 남자를 사진으로 찍진 않았지만, 나는 니스 사진을 볼 때마다 그의 얼굴이 희미하게나마 떠오른다. 호기심 가득한 큰 눈을 깜빡이며 성큼 걸어오던 남자. 그의 오른쪽으론 지중해가, 왼쪽으론 남프랑스 맨션들이 그림처럼 걸려 있었다. 그가 가방에서 꺼냈던 벽돌보다 컸던 성경과 구깃구깃 구겨진 검정 봉지도 잊기 힘들다. 그리고 그에게 잠시나마 품었던 두려움이 마음의 빚처럼 남아, 사진을 볼 때마다 기억 저편에서 자꾸만 비쭉 튀어나온다. 니스는 멋지다는 뜻인 '나이스'(Nice)에서 유래한 이름이라고 한다. 전혀 나이스하지 않았던 냄새의 추억이다.

부산행

무궁화호

악취로 기억되는 열차는 니스가 처음은 아니다. 20대, 생애 가장 멍청한 여행을 떠난 적이 있다. 다시 생각해도 그때 내가 왜 그랬는지 잘 모르겠다. 아마 혼자만의 시간을 천천히 즐기고 싶었던 것 같다.

목적지는 부산, 1박 2일, 나 홀로 여행. 여유롭게 시간을 곱씹고 싶다면 1박 2일보다 길게 떠나거나, 그것도 아니면 여행지를 가까운 곳으로 정하거나, 먼 곳으로 떠난다면 이동 시간이라도 줄여야 하는 것이 상식일 텐데. 주머니는 가볍고 짧은 여름휴가가 아쉬웠던 나는 무작정 부산으로 떠났다. 그것도 심지어 편도로 무려 6시간이나 걸리는 무궁화호로. 무궁화호를 예매하며 나는 이어폰을 귀에 꽂고 시시각각 바뀌는 창밖 풍경을 바라보며 나만의 시간에 푹 빠져 행복해할 내 모습을 떠올렸다. 플레이리스트를 고심하며 채우고, 창밖 풍경이 지겨워지면 읽을 책도 몇 권 챙겼다. 이보다 완벽한 여행은 없을 것 같았다.

8월이었다. 한반도가 통째로 한증막으로 변하는 8월. 40도에 육박하는 온도는 둘째 치고 사우나를 방불케 하는 습기에 온몸이 테이프를 붙였다 뗀 듯 끈적해지는 바로 그 8월. 고온다습 한국의 여름에 20년 넘게 당하고도 왜 또 잊어버렸을까. 무궁화호 열차는 열기와 습기와 사람들의 땀 냄새로 가득했다. 열차에 앉은 사람들은 신경질 가득한 표정으로 손부채질을 하기 바빴다.

이내 열차가 출발했고, 레일 위를 달리면 달릴수록 열차는 더욱 뜨겁게 달아올랐다. 달리는 한증막이었다. 오래된 열차라 그런지 에어컨이 시원찮았다. 승객들은 하나둘 육성으로 불만을 토로했고, 안내방송은 그 불만에 기름을 부었다. "승객 여러분께 알립니다, 알립니다. 열차 내

냉방 시스템 고장으로 인해 불편을 드려 죄송합니다…."
냉방 시스템 고장이요? 지금 에어컨이 고장 났다는 거예
요? 8월 한여름에? 몇몇 사람은 소리를 지르기 시작했다.
불지옥이 따로 없었다. 승무원은 어디서 구해 왔는지 플
라스틱 부채를 나눠 줬다. 부채를 부칠 때마다 모닥불을
피우는 듯 열기가 느껴졌다. 게다가 난 맨 앞자리에 앉는
바람에 화장실의 지린내를 정통으로 맞고 있었다. 달리는
한증막 화장실이었다.

무슨 정신으로 부산까지 버텼을까. 지금의 나였다면 최
소 천안에서는 내렸을 거다. 그러곤 다른 열차를 예매하
거나, 그것도 아니면 숙소 값을 포기하고 다른 루트의 여
행을 도모했을 거다. 쾌적하고 향기로운 곳에서 6시간을
앉아 있어도 지겨울 판인데 지린내를 맡으며 달리는 한증
막을 견뎌 냈다니. 나는 폭포수처럼 쏟아지는 땀을 닦으
며 창밖만 바라봤다. 일 분 일 초가 참 성실히도 흘러갔다.

지옥 같은 한증막 열차를 견디고 도착한 부산역. 나에
게선 인생 최악의 땀 냄새가 뿜어져 나왔고, 코끝에 열차
화장실 냄새가 냉장고 자석처럼 따라붙었다. 거지꼴을 하
고서는 숙소로 향했다. 열차 안에서 모든 에너지를 다 쏟
은 바람에 여행이고 뭐고 그냥 숙소에서 에어컨 바람이나

시원하게 쐬고 싶었다. 하지만 간만의 휴가를 이런 식으로 날릴 수는 없었기에 나는 꾸역꾸역 혼자 밀면을 먹고 꾸역꾸역 혼자 감천동 문화마을을 구경하고 꾸역꾸역 자갈치 시장을 배회하고 꾸역꾸역 남포동 영화의 거리를 걸었다. 천근만근 무거운 몸을 끌고 숙소로 와 기절하듯 뻗어 잤다. 다음 날 서울행 무궁화호 열차 안에서 6시간을 내리 잤다. 다행히 에어컨은 고장 나지 않았다.

가끔 나는 내가 아둔하다고 느낀다. 이런 말을 하면 친구들, 심지어는 남편마저도 "너가?"라며 의아해하겠지만, 그건 내가 나의 아둔한 모습을 잘 숨기고 살아와서 사람들이 눈치채지 못했기 때문이다. 대체로 눈치가 빠르고 요령도 좋은 편이지만, 가끔 의외의 지점에서 나도 잊고 있던 아둔함이 불쑥 머리를 들이민다. 살면서 이 아둔함 때문에 여러 번 골치 아팠다. 크고 작은 실수를 하거나 관계가 망가진 적도 있고, 종종 손해를 보기도 했다. 꿈을 접을 만큼 큰 영향을 끼친 적도 있다. 그때마다 나의 바보 같은 모습이 싫어서 그 일에 관한 마음의 관여도를 낮추며 모른 채 지냈다. 아무 일도 없었다는 듯, 나는 그런 아둔한 실수 따위 하는 사람이 아니라는 듯, 평소처럼 고요히 일상을 보냈다. 내가 종종 대범해 보이거나 평온해 보이는 것은 다 이런 이유 때문이다. 아둔함을 인정하기 싫어하는 아둔함. 그리고 또 실수를 반복하는 아둔함.

늘 1등만 했다거나 세상 모두가 알아주는 대단한 커리어를 남긴 것은 아니지만, 평균 이상은 해 왔다고 생각한다. 칭찬을 들을 때면 나만 아는 어리숙함과 아둔함을 저 구석에 안 보이게 숨겼다. 그러곤 다시 재빠른 눈치와 요령으로 주어진 일들을 해 나갔다.

20대 땐 내가 단단해서 그렇다고 생각했다. 나는 내 못난 면도 구렁이 담 넘어가듯 넘어갈 수 있는 사람이라고. 하지만 지금은 안다. 그건 다 내 주변에 좋은 사람들이 많았기 때문이라는 걸. 오랫동안 인복은 없고 일복만 많다고 생각했는데 문득 뒤돌아보니, 나는 일복만큼이나 인복도 많은 사람이었다. 내 아둔함을 알고도 "묵묵히 해내니까", "열심히 하니까"라는 말로 인정해 주던 사람들의 존재를 10년 가까이 해 오던 일을 그만두고서야 알게 되었으니. 나는 얼마나 아둔한 사람인가.

얼마 전 남편과의 전주 여행에서 오랜만에 나의 아둔함을 맞닥뜨렸다. 내가 또 무궁화호로 예매한 것이다. 심지어 그때도 1박 2일 여행이었다. 남편은 KTX로 편하게 다녀오자고 했지만, 나는 몇 푼 아껴 보겠다며 반값인 무궁화호 표를 끊었다. 아니나 다를까, 나는 열차에 타자마자 멀미 냄새가 난다며 괴로워했다. 남편은 거봐 내가 뭐랬냐며 혀를 끌끌 찼다.

"자기는 KTX만 타야 하는 사람인데 왜 자꾸 그냥 열차를 타겠다는 거야."

"⋯."

반박할 수 없었다. 물론 한여름 부산행 무궁화호에 비할 바 아니었지만, 우리가 탄 칸에서는 유독 온갖 냄새들이 뒤엉켜 나의 멀미 버튼을 쉴 틈 없이 눌러 댔다. 순간 구석에 숨겨 뒀던 나의 아둔함이 삐쭉 튀어나온 것 같아 창피했다. 냄새에 징그럽게도 예민하면서 지린내를 6시간 동안 견딘 사람. 아니, 애초에 1박 2일 무궁화호 부산 여행이라는 미련한 계획을 세우는 사람. 그런 일을 겪고도 또 무궁화호 전주 여행을 떠난 사람. 그러면서 멀미 냄새난다고 헛구역질하며 괴로워하는 사람.

남편이 서울로 올라가는 차편은 KTX로 바꾸자고 제안했다. 나는 못 이기는 척 그러자고 했다. 우리는 서울로 올라오는 KTX에서 신나게 유튜브도 보고 전주에서 찍은 사진들도 주고받으며 행복하게 낄낄거렸다. 무궁화호 표를 환불하지 않았다면 나는 또 멀미 냄새에 끙끙 앓았겠지. 다음 여행 예매는 무조건 남편에게 맡겨야겠다.

짐 가방에 실은

너의 땀 냄새

냄새에 관한 남사스럽고 창피한 기억 하나. 남편과의 연애 시절, 사귀고 처음으로 내가 유럽 출장을 떠났을 때의 일이다. 출장은 3주 일정이었다. 처음엔 출장 준비로 정신 없어서 3주나 떨어져 있어야 한다는 사실이 크게 와닿지 않았는데 출국 전날이 되자 비로소 실감이 났다. 게다가 그때는 유럽이 테러로 시끄럽고 뒤숭숭했을 때였다. 매일 쏟아지는 험한 소식들을 접하며 상황이 심상치 않다는 걸 느꼈다. "꼭 가야 해? 걱정되는데." "몰라. 몰라. 가기 싫어. 떨어지기 싫어."

출국 전날 나는 카페에서 펑펑 울다 웃다 하여간에 별 쇼를 다 했다. 따뜻한 남자친구의 냄새가 그리우면 어쩌지. 그때나 지금이나 남편에게서 느껴지는 특유의 냄새를 좋아한다. 향수 냄새와 체취가 섞인 남편의 냄새를 맡으면 피곤도 서운한 마음도 일순간에 녹아 버린다. 그 냄새를 3주간 못 맡을 것을 생각만 해도 눈물이 차올랐다. 눈물이 차올라 눈에 뵈는 게 없던 나는 남편의 체취 묻은 티셔츠를 갖고 가고 싶다고 했고, 나만큼이나 눈에 뵈는 게 없던 남편은 본인이 입던 빨지 않은 티셔츠를 쇼핑백에 넣어 출국 날 내 손에 쥐여 줬다.

남편이 건넨 티셔츠를 짐 가방에 넣고, 게이트에 들어가기 전까지 이민이라도 가는 사람처럼 울어 댔다. 마치 사연 있는 사람처럼. 눈물을 닦으며 비행기 표와 여권을 챙기려 하는데 갑자기 남편이 꺼이꺼이 울기 시작했다. 꼭 건강히 다녀와야 한다면서, 엉엉. 그 모습에 애써 진정시킨 눈물이 다시금 터져 나왔다. 징그러운 바퀴벌레 한 쌍은 한밤 인천공항에서 삼류 드라마를 찍고 난 후에야 겨우 헤어질 수 있었다.

비행기를 두 번 갈아타고 버스를 타고 하루 꼬박 걸려 숙소에 도착했을 때, 나는 짐 가방을 열자마자 눅진한 땀 냄새에 경악했다. 냄새의 정체는 남편의 티셔츠였다. 밀봉되어 숙성된 땀 냄새가 사방으로 퍼져 나갔다. 향수 냄새, 달큰한 체취 냄새는 모두 사라지고 땀 냄새만 남은 거다. 남편에게는 정말 미안했지만 나는 그 티셔츠를 손가락 끝으로 살짝 잡고 탈탈 털어 테라스에 던지듯 널어놨다. 그러곤 3주 뒤 고이 접어 다시 짐 가방 안에 넣었다.

어떻게 입던 티셔츠를 달라고 할 수가 있었지. 가끔 팬들이 가수의 땀에 젖은 수건을 받고 환호하는 모습을 보며 어쩜 저럴 수 있냐고 고개를 내저었는데, 내가 딱 그런 셈이었다. 아무리 남편 냄새를 사랑해도, 땀이 묻은 옷을 짐 가방에 넣는 것은 지금으로서는 상상도 할 수 없는 일이다. 그때를 생각해 보면, 성인 남녀가 그 정도로 서로에게 미쳐 있어야 하는 게 결혼이 아닌가 싶다.

그 연예인의

냄새

연예인을 제법 가까이서 보는 일을 10년 정도 하다 보니, 연예인에게 감흥이 없어졌다. 정확히 말하면 그들이 연예인이라는 이유만으로 특별한 감흥이 생기지는 않고, 작품 안에서는 느낄 수 없었던 예상치 못한 뉘앙스나 표정, 대사가 아닌 '내 말'을 할 때 드러나는 진짜 목소리에서 흥미로움을 느꼈다. 제아무리 얼굴이 두껍고 철저한 시스템 안에서 교육받은 연예인이라 할지라도 직접 얼굴을 맞대고 10분 이상 이야기하다 보면 미량이라도 본인의 진짜 모습을 흘리게 된다. 잠깐의 얼굴 찡그림, 독기 서린 눈빛이나 찰나의 미소, 어느 단어에 힘을 주고 어느 문장에 느낌표를 찍는지에 따라 자연인으로서의 모습을 알아채게 된다. 전혀 관심 없는 연예인이었는데 직접 만나고 난 뒤 팬이 된 경우도 있고, 반대로 오래 응원해 오던 사람이지만 실제 모습에 실망한 경우도 적지 않다.

연예인의 가공되지 않은 모습을 보는 게 일상이라면 일상이었다. 그런데 신기하게도 연예인의 냄새랄까 향기 같은 것은 크게 느껴 본 적이 없다. 흔히 연예인 하면 짙은 화장품 냄새가 날 것 같지만 의외로 그렇지 않았다. 분명 인터뷰 장소 앞에서 담배 피우는 걸 보았는데도 연예인에게서는 담배 냄새조차 나지 않았다. 잡지나 SNS에서 연예인들이 쓰는 향수 리스트를 본 적이 있는데, 그 리스트에 적힌 연예인들을 실제로 보아도 그 어떤 냄새도 나지 않았다. 대체로 무향의 사람들이었다. 냄새 민감자로서 늘 그게 신기했다.

물론 예외는 있다. 기자 생활을 하면서 연예인에게 냄새를 맡은 적은 딱 두 번. 더 있을 수도 있지만 기억에 남지 않은 것을 보니 아주 희미한 향이었거나 특별한 냄새는 아니었던 것 같다. 하지만 이 두 연예인의 냄새는 절대 잊히지 않는 아주 인상 깊은 향이었는데….

1. 말을 해야 해, 말아야 해

몇 년 전까지만 해도 할리우드 톱스타가 아니고서는 웬만한 인터뷰는 모두 일대일 인터뷰였다. (요즈음은 거의 일대다 라운드 인터뷰 아니면 그마저도 화상 인터뷰로 대체되고 있다.) 아무튼 그날은 모 배우와 일대일 인터뷰를 하는 날이었다. 인터뷰 장소는 카페의 작은 방이었다. 그날 그곳에서 만난 배우는 코믹 감초 캐릭터로 유명해졌고, 입담 좋은 이미지로 예능에서도 제법 활약을 떨치던 배우였다. 하지만 실제 성격은 내성적이고 말도 짧고, 속된 말로 '기사 쓸 거리가 없는 배우'로 악명 높은 이였다. 그런데 직접 만나 보니 할 말이 없는 질문에는 짧게 답했지만, 할 말이 많은 질문에는 무척이나 솔직한 마음을 털어놓는 사람이었다.

　인터뷰는 즐거웠다. 느리지만 진솔한 답변이 그 작은 방을 따뜻하게 채웠고, 나는 노트북 자판을 평소보다 더 조심히 치며 그의 나긋한 목소리에 귀를 기울였다. 그런 식으로 물 흐르듯 차분히 대화를 이어 가던 중, 갑자기 어디선가 똥 냄새가 흘러들어 왔다. 이건 말 그대로 똥 냄새였다. 다른 대안은 생각해 볼 수 없는 똥 냄새. 방귀 냄새도 아니고, 음식 썩는 냄새도 아니고, 정확히 똥이었다. 한창 부드럽던 인터뷰 분위기가 순간 미묘해졌다. 냄새를 나만 느낀 게 아니었던 거다. 갑자기 배우는 말을 더듬기 시작했고, 나도 덩달아 식은땀을 흘렸다. 나는 질문을 하고, 배우는 대답을 했지만 두 사람의 정신은 이 냄새의 정체에 꽂혀 있단 것을 그도 알고 나도 알았다. 냄새의 근원이 당연히 배우라고 생각했다. 왜냐하면 나는 방귀도, 똥도 싸지 않았거든. 순간 오만 생각이 다 들었다. 차라리 내가 먼저 말을 꺼내서 와하하 웃으며 인터뷰를 끝낼까. 어디서 이상한 냄새 안 나냐며 대수롭지 않다는 듯 운을 띄워 볼까. 말을 해야 하나 말아야 하나 이걸 어째야 하나. 다 괜찮아질 거라고 위로를 해야 하나. 눈은 배우를 바라보고 손은 타자를 치고 있었지만 무슨 정신으로 남은 인터뷰 시간을 버텼는지 기억나지 않는다.

집에 돌아와 똥 냄새의 정체가 나였단 걸 알게 되었다. 간식을 주지 않아 분노한 우리 집 강아지가 내 신발에 보복성 똥을 싸 놓은 것이었다. 신발 안에 그런 게 들어 있을 것이라고는 상상도 못 한 내가 사뿐히 지르밟고 인터뷰 현장으로 향했던 거다. 양말에 묻은 강아지의 흔적에 망연자실하고 있는 나를 보며 엄마 아빠는 웃다 지쳐 눈물까지 흘렀다. 나는 배우가 순간 피치 못할 사정으로 배변 실수를 한 것인가 진지하게 고민했단 말이다. 살다 보면 그럴 수도 있는 법이라고, 힘내시라는 말이 목 끝까지 올라왔단 말이다. 정말이지 쥐구멍에라도 숨고 싶은 심정이었고, 인터뷰 기사 하단에 똥 냄새에 대한 해명 글을 첨부하기 일보 직전의 상태였다.

그 배우는 감초 코믹 조연에서 믿고 보는 주연급 배우가 되었고, 광고주가 사랑하는 모델로 급부상해 여러 CF에 등장했다. 나는 TV, 버스, 포털 사이트 광고에서 그의 얼굴을 마주할 때마다 그날의 똥 냄새가 생각나 나도 모르게 하이킥을 하고 만다. 좌우로 쉴 틈 없이 흔들리던 그의 눈빛을 냄새 유발자의 당혹스러움으로 오해한 것을 사과하고 싶지만 이제 와 그 냄새가 실은 내 냄새, 아니 우리 집 반려견 냄새였다고 말한들 무슨 소용인가. 그날 인터뷰는 완벽히 망했고, 그는 나를 똥 냄새 나는 기자로 생각했을 텐데…. 그날의 인터뷰를 내가 어떻게 기사로 썼는지 찾아보니 평소 기사에 절대 쓰지 않는 물결(~) 표시도 느닷없이 쓰고, 제목도 평소 내가 달던 스타일이 아니었다. 인터뷰 사진 속 배우의 표정도 어딘가 피곤해 보이는 것이 괜히 내 탓 같고 미안하다. 하여간 그날의 똥 냄새 덕분에 나는 신발을 신기 전 항상 강아지 똥이 있는지 없는지부터 살피는 버릇이 생겼다.

2. 생활인의 아침

그는 톱스타였다. 여러 작품에서 로맨틱한 모습을 보여주며 뭇 여성들의 이상형 1순위로 꼽히는 이였다. 패션 센스도 좋아서 그가 입고 신는 아이템들은 모두 완판되었다. 한마디로 워너비 스타, 패셔니스타. 게다가 어쩐지 신비로운 매력도 갖고 있었다. 그가 평소 어떤 것을 먹고, 어떤 운동을 하고, 어떤 생활을 하는지 어렴풋하게라도 짐작할 수 없었다. 베일에 싸인 스타였다.

이른 아침 인터뷰였다. 그는 부스스한 얼굴로 현장에 도착했고, 바쁜 홍보 일정 탓인지 제법 피곤해 보였다. 그런 그가 자리에 앉자마자 아빠에게서 나던 냄새가 느껴졌다. 말하자면 흡연자 남성, 정확히는 중년 흡연자 남성의 냄새. 오 이게 꽤 충격적이었다. 냄새가 고약해서 그런 게 아니라, 그간 많은 연예인을 만나면서도 이렇게 직접적인 생활인의 냄새를 느낀 것은 처음이었기 때문이다.

연예인에게 소탈한 매력, 의외의 인간미 이런 표현을 웬만하면 쓰고 싶진 않은데, 그에게서 의외로 소탈한 인간미가 맡아졌다. 아침에 겨우 일어나 담배를 피우고, 스킨이니 애프터 쉐이브 크림이니 따위 생략하고, 머리카락은 수건으로 탈탈 털어 말리고, 옷장에 꽤 오래 걸려 있던 옷을 아무거나 대충 걸쳐 입고 부랴부랴 매니저의 차를 타고 나온, 딱 그런 냄새였다. 출근길 지하철이나 버스에서 흔히 맡을 수 있는 냄새. 아, 그도 오늘 여기로 출근한 거지. 생활인으로서의 연예인을 냄새로 감각한 건 꽤 의미 있는 경험이었다. 그날 이후 나는 종종 연예인들이 어떤 과정을 거쳐 출근했는지 상상해 보곤 한다.

요즘에는 유튜브로 해외 스타들의 영상을 보며 혼자 이런저런 장면을 떠올리는 게 취미다. 저 영국 배우는 오늘 아침 무얼 먹고 화보 촬영장에 갔을까, 저 미국 팝스타는 무대에 오르기 전 데오드란트를 썼을까, 안 썼을까 하는 것들. 적고 보니 좀 변태 같은데 그렇게 혼자 상상의 나래를 펼치다 보면 작품도, 음악도 달리 보인다. 나와 다른 삶을 사는 연예인이 아닌, 매일 분투하는 생활인이 무수히 많은 출근길 끝에 만들어 낸 성과물로 생동감 있게 다가온다. 톱스타의 냄새가 남긴 뜻밖의 수확이다.

비 오는 날의

수 채 화

1

비 오는 날을 좋아한다. 4B 연필로 칠한 듯 어두운 하늘도, 그 때문에 조금은 시간 개념이 없어지는 기분도 좋다. 비 오는 날은 항상 시간이 더듬더듬 흘러간다.

비 오는 날의 1교시를 좋아했다. 빗소리를 들으며 친구들과 한 공간에 오도카니 앉아 있는 게 좋았다. 창문과 복도로 호드득 들이닥치는 비 냄새를 맡으며 여기, 우리, 함께 있는 것을 실감했다. 비 냄새에는 아이들의 냄새, 운동장 흙냄새, 대걸레 냄새, 먼지 냄새가 섞여 있었다. 오늘은 비가 오니까 체육 수업을 안 하겠지. 체육복으로 갈아입지 않아도 되는 것이 좋았다. 선생님이 해 주는 무서운 이야기들도 기억에 남는다. 꺅 소리를 질러도 곁에 친구들이 있다는 사실에 안도감을 느꼈다. 가라앉은 분위기는 친구들과 비밀 이야기를 하기에도 좋았다. 나랑은 샐쭉하던 아이가 왠지 조금 살가워진 것 같기도 했다. 비 냄새에 헝클어졌던 마음도 차분해진 걸까. 창문 밖에 주룩주룩 내리는 모습이 꼭 그림 같았다. 비 냄새 가득한 교실을 두고 집에 가기 싫었다. 친구들과 그곳에서 조금 더 함께 있고 싶었다.

2

비 오는 게 싫을 때도 있었다. 예고 없이 쏟아지는 비는 늘 서러웠다. 우산을 들고 마중 나와 줄 사람이 없다는 게 싫었다. 일터에 있는 엄마 아빠도 갑자기 쏟아지는 비를 보며 나를 떠올리겠지. 예전에는 장마가 더 길었던 것 같다.

기분 탓일까.

　여름 방학식이었다. 교문을 나서자마자 폭우가 쏟아졌
다. 우산을 챙겨 오지 않은 날이었다. 방학 동안 마실 우유
도 들고 가야 하는데 하필 비라니. 우유를 담은 가방끈이
얇아 어깨가 너무 아팠다. 빗줄기가 거세질수록 어깨는
더욱더 쓰라렸다. 비 냄새와 함께 우유 팩 비린내가 등 뒤
로 잔뜩 물들었다. 물이 첨벙거리는 바닥에 주저앉아 울
고 싶었다. 대체 왜 우유를 사서는. 물론 그때는 몰랐다.
20년 후 내가 우윳집 아들과 결혼하게 되리라는 것을. 비
오던 그날, 남편은 학교에 가기 전 우유를 배달했겠지. 졸
린 눈을 비비고 일어나 부모님을 따라 우유 주머니에 우
유를 넣었겠지. 그런 것들을 생각하면 배 속 어딘가가 찌
릿해진다. 어린 시절 나와 남편을 찾아가 넓은 우산을 씌
워 주고 싶다.

3

비 오는 여름 방학엔 혼자 노래 부르길 좋아했다. 집에는
가사집이 한 권 있었는데, 예쁜 가사들이 많았다. 강수지

의 〈보랏빛 향기〉, 정수라의 〈환희〉, 이선희의 〈한바탕 웃음으로〉의 가사를 읊으며 빗소리에 맞춰 노래를 불렀다. 가사만 적혀 있었기에 첫 음이 생각 안 나면 그 노래는 부를 수 없었다. 지금이야 멜로디가 떠오르지 않으면 언제든 인터넷으로 검색해 볼 수 있지만 그땐 상상도 못 할 일이었다. 글로 적힌 가사는 마치 시 같아서, 리듬이 툭 떨어지지 않으면 노랫말이 아닌 고요한 시처럼 보였다.

그런데, 단 한 번도 멜로디를 잊지 않았던 노래가 있다. 〈비 오는 날의 수채화〉가 그랬다.

빗방울 떨어지는/그 거리에 서서/그대 숨소리/살아있는 듯/느-껴지면/깨끗한 붓 하나를/숨기듯 지니고 나와/거리에/투명하게/색칠-을 하지.

이 노래를 몇 번을 불렀는지 모른다. 비 오는 날 혼자 이 노래를 부르고 있으면 심장이 쿵 하고 떨어지는 기분이 들었다. TV 드라마 속 어른들의 사랑 이야기를 나도 이해할 수 있을 것만 같았다. 깨끗한 붓으로 색칠한 거리는 얼마나 맑고 시원할까. 빗줄기가 그림처럼 내리는 거리는 또 얼마나 예쁠지. 거리의 사람들은 얼마나 행복할지.

도입부도 좋지만 그다음 구절은 특히 더 설렌다.

음악이 흐르는 그 카페엔/초콜렛색 물감으로/빗방울
그려진/그 가로등불 아랜/보라색/물-감-으로오-.

음악이 흐르는 카페가 무얼까. 빗방울이 쏟아지는 보라
색 가로등 불은 얼마큼 고운 색일까. 어린 시절 나는 줄곧
상상했다. 작은 방에 앉아 얼굴도 모르는 언니 오빠들을
떠올렸다. 비 오는 거리에서 사랑을 하는 언니 오빠들을.

4

어른이 되고 비 오는 날의 카페라는 걸 가게 되자, 지난 비
냄새들이 생각나곤 한다. 비 냄새는 시간을 천천히 멈춰
세우고, 잠시 다른 공간으로 나를 옮겨 놓는다. 비 냄새가
땅 위를 가득 채우는 날이면, 지금이 몇 년도인지, 내가 몇
살인지, 오늘은 무슨 요일인지 희미해진다. 그러다 보면
우리의 시간은 어떻게 흘러갈지 막연한 마음에 괜히 새침
을 떨거나 평소답지 않게 굴게 된다. 걸지 않던 전화도 해

보고, 쓰지 않던 단어들도 문자 끝에 붙여 본다. 어색한 친구와 비밀 이야기를 나누던, 세찬 빗줄기를 맞으며 우유 가방을 짊어지던, 〈비 오는 날의 수채화〉를 부르며 공상하던 모습들이 빗물과 함께 알른거린다. 카페에 앉아 깨끗한 붓으로 그려진 바깥을 바라보며 비 냄새에 코끝을 얹는다. 오늘은 맘껏 감성 인간이 되어야지 생각하며 혼자 희미하게 웃는다.

냄새로

가늠하는

됨됨이

냄새로 그 사람이 어떻게 일상을 꾸려 나가는지 가늠할 수 있다고 생각한다. 옷은 얼마나 자주 빠는지, 샤워는 얼마나 꼼꼼히 하는지, 식후 양치는 꼬박꼬박 하는지, 신발을 종종 볕에 말리곤 하는지, 퇴근 후 얼마나 살뜰히 자신을 살피는지. 이 모든 것이 스치는 냄새 하나에서 느껴진다. 야근으로 어쩌다 하루 이틀 정신없이 보낸 사람과 정돈 없이 사는 게 일상인 사람의 냄새는 그 농도부터 다르다. 스스로는 못 느껴도 남들은 다 맡는다. 말을 안 할 뿐이지. 나도 예외는 아니다. 시간을 그저 흘려보내며 나태하게 지내는 동안에는 묘하게 시큼한 냄새가 난다. 샤워도 대충, 빨래도 대충, 환기도 대충, 뭐든 적당 적당히.

회사도 마찬가지다. 나는 회사의 됨됨이를 냄새로 희미하게나마 파악하는 편이다. 회사 냄새는 그 회사의 화장실에 가면 알 수 있다. 이걸 처음 경험한 건 2007년 겨울 방학이다. 나는 2학년 봄 학기 개강을 앞두고 두 달간 동창회 명부 제작 아르바이트를 하고 있었다. 졸업앨범에 적힌 기초 정보를 토대로 졸업생들에게 전화해 집 주소, 회사 주소, 직함, 이메일 등을 취합하는 아르바이트였다. 그렇게 만들어진 동창회 명부는 권당 십만 원대에 판매됐다. 이런 걸 누가 사나 했는데, 영업 사원이나 사업가, 다단계 하는 사람들에겐 더할 나위 없는 영업 도구였다. 학연 마케팅의 지름길이었던 거다.

나는 모 대학교 경영학과 담당이었다. 실로 다양한 직업, 회사, 동네 이름을 접하는 게 흥미로웠다. 경영학과 졸업해서 이런 일을 할 수도 있구나, 서울특별시에 이런 동네도 있었구나… 당시만 해도 보이스 피싱이라는 개념이 희미했을 때라 학교 후배라고 하면(거짓말이었지만) 사람들은 대부분 호의적으로 개인 정보를 알려 줬다. 동창회 명부가 완성되면 꼭 연락 달라고 적극적으로 구매 의사를 피력하는 사람들도 많았다. 요즘 같으면 꿈도 못 꿀 아르바이트다.

문제는 각 학번 중에 폭탄 두어 명이 꼭 있었다는 거다. 언제 봤다고 나한테 선배라고 부르냐부터 시작해서 내가 왜 개인 정보를 알려 줘야 하냐, 학교가 나한테 해 준 게 뭐가 있냐, 사기 아니냐, 너 진짜 우리 학교 졸업생 맞냐, 내가 누군지 알고 근무 시간에 전화하고 지랄이냐. 분노가 쌓인 사람들은 전화기 너머 생판 모르는 스물한 살짜리 애한테 화풀이했다. 전화 공포증이 없는 편이라 그나마 버텼던 것 같다. 퇴근 무렵엔 늘 목에서 피 맛이 났다. 두 달을 완주한 아르바이트생은 절반도 안 됐다.

더 큰 문제는 폭탄이 있거나 말거나 우리는 배당받은 명부를 완성해야 한다는 거였다. 그 중심에 주임이 있었다. 나보다 끽해야 두세 살 많아 보였던 여자 주임은 완벽히 채워지지 않은 명부를 제출하면 우리를 쥐 잡듯 잡아 댔다. 나랑 친하게 지냈던 20대 후반 언니는 공무원 시험에 합격하고 발령을 기다리며 아르바이트를 한다고 했다. 이 언니는 주임의 주요 타깃이었다. 주임은 자기보다 나이가 많거나 적거나 상관없이 아르바이트생이라는 이유로 말을 찍찍 놓으며 갈겼다. "이것 하나도 제대로 못해서 사회생활 어떻게 하려고 그래. 내가 어디까지 알려 줘야 해요? 회사로도 전화해 보고, 이메일도 보내 보고 다 해 보란 말야." 공무원 합격생 언니는 주임의 폭주를 듣는 둥 마는 둥 자리에 앉아 다시 전화를 돌렸다. 나는 다른 사람은 몰라도 저 주임한테 만큼은 한 소리 듣기 싫어서 악착같이 명부를 완성했다. 공무원 언니처럼 포커페이스를 유지할 자신이 없었다.

그런데 두 달간 가장 견디기 힘들었던 건 폭탄의 전화도, 주임도 아니었다. 그 회사의 화장실이었다. 오래된 건물답게 좌변기가 아니었고, 물통의 줄을 당겨 물을 내려야 했다. 나프탈렌 냄새와 지린내의 컬래버레이션은 곧 망해 가는 휴게소 화장실을 떠올리게 했다. 더욱 충격적인 사실은 남녀 공용 화장실이었다는 점. 휴지통은 휴지와 생리용품을 뱉어 내며 악취를 풍겼고, 담배꽁초도 바닥에 아무렇게나 굴러다녔다. 주임이 아무리 오피스룩에 하이힐을 신고 짙은 향수 냄새를 풍기며 급조된 프로페셔널함을 과시하려 해도, 화장실이 이미 그 회사의 수준을 말해 주고 있었다. 대체 화장실을 청소하는 사람이 있긴

한 건지. 마지막으로 청소를 한 게 대체 언제쯤일지.

그때 나는 화장실의 악취와 회사의 됨됨이가 닮아 있다는 걸 본능적으로 느꼈고, 여러 조직을 거치며 확신하게 됐다. 지린내 나고 지저분한 화장실을 방치해 둔 회사는 대체로 조직 내부에도 방치된 문제가 한두 개가 아니었다. 냄새를 대충 싸구려 디퓨저로 덮어 보려는 노력이라도 하는 회사가 있는 반면, 그마저도 서로에게 떠밀며 나 몰라라 하는 회사도 부지기수였다. 내가 다녔던 한 회사의 중역은 화장실 청소해 주시는 아주머니가 눈치 없이 자꾸만 인사를 한다며 느닷없이 해고하기도 했다. 그런 회사의 화장실이 깨끗하게 관리될 리 만무했다. 갑상선 후유증으로 반차를 낸 나에게 이거나 먹고 일하라며 한약을 집어 던진 회사의 변기는 찌든 때가 그림처럼 선명했다.

회사의 화장실 냄새를 맡으면 조직과 조직 구성원의 됨됨이가 보인다. 참고로 우리 집 화장실은 제법 깨끗하게 관리되고 있다. 화장실이 지저분한 재택근무는 몹시도 괴롭기 때문이다. 내가 스쳐 온 화장실들을 다시 한번 떠올려 본다. 이런 말이 생각난다. '아름다운 사람은 머문 자리도 아름답습니다.' 나도 모르게 고개를 끄덕이게 된다.

클럽 2차의

악취

막살아 보자고 다짐했던 때가 있다. 매일 만나는 비슷한 얼굴들이 재미없었고, 보나 마나 한 영화를 보고, 쓰나 마나 한 글이나 쓰며 바이트 낭비를 하는 것 같아 괴로운 나날이었다. 이 괴로움을 타파할 유일한 해결책은 새로움이라 생각했다. 새로운 게 뭔지 모르겠으니 일단 막살아 보자는 마음이었다.

  길지 않은 지난 인생을 돌이켜 보면, 대단한 모범생은

아니었지만 나름 모범생 카테고리로 분류할 수 있는 삶이었다. '대충'과는 거리가 먼. 그러면서도 알게 모르게 할 건 다 하고 돌아다녔던 것 같다. 티 안 내고 조용히. 나는 뭐든 간에 티 내는 걸 싫어한다. 좋은 일이든 나쁜 일이든. 그래 놓고 책을 두 권이나 쓰면서 나 이런 생각 하고 산다고 티 내는 걸 보면 또 아닌 것 같기도 하고.

여하튼.

'어디 한번 막살아 보겠어!'라고 해 놓고 막살지 못했다는 말을 하려는 거다. 분명히 방탕하게 살겠다고 마음먹었는데 정신 차려 보니 나는 채식주의자가 되어(지금은 아니다) 두유 파스타와 사과 케일 주스를 만들어 먹고, 토슈즈를 신고 발레를 배우러 다니고, 오전 6시에 일어나 보라매공원을 달리고, 온갖 스터디란 스터디는 다 하고 다녔다. 뭔가 이상했다. 고기도 먹어 본 놈이 먹는다고, 방탕도 해 본 사람이나 하는 거였다. 내가 생각한 대충 막사는 건 이런 게 아니었는데 하면서도 두유 라테를 마시고 발레 봉 위에 다리를 쩍쩍 올렸다.

그러던 어느 날 A 언니가 나타났다. 언니를 만난 건 독서 토론 스터디에서였다. 언니는 모임에 열심이었다. 열심이긴 했는데 정신은 어딘가 다른 데 가 있는 것 같았다.

회사 이야기를 할 땐 제법 똑 부러지고 전문적인데, 이상하게 토론만 하면 알맹이 없는 이야기만 늘어났다. 언니가 스터디에서 얻고자 했던 게 인문학적 소양이 아닌 인문학적 남자친구란 걸 알게 된 건 언니가 모임에 합류하고 얼마 후였다. 요즈음처럼 모임 플랫폼 같은 게 있지 않을 때였다. 스터디라는 걸 애써 찾아서 하는 사람들은 크게 두 부류였다. 1. 뭘 해야 할지는 모르겠지만 뭐든 안 하고는 불안해서 못 사는 사람 2. 새로운 만남을 원하는 사람. 나는 전자였고 언니는 후자였던 거다.

스터디가 끝나면 근처 카페에서 책을 읽거나 노트를 정리하고 옷가게로 자리를 옮겨 예쁜 것들을 구경하는 게 내 루틴이었다. 그런데 그날은 일찍 집에 들어가 뒹굴뒹굴하고 싶었다. '스터디 그만둬야 하나. 이번 멤버들 영 폭탄인데. 스터디고 뭐고, 이렇게 정신없이 분주한 게 다 무슨 의미인가. 왜 꼭 다이내믹한 일들은 몰아쳐 들이닥치고, 무료할 땐 한없이 무료한가. 에휴, 모르겠다. 집에 가서 밀린 기사나 쓰자' 하며 지하철역을 향해 종종걸음을 걷던 그때, 누가 내 등을 툭 쳤다. 언니였다. 어느 방향으로 가냐면서 같이 가자고 했다. 스터디 끝나고 말 걸고 싶었는데 늘 바빠 보여서 말을 붙이지 못했다면서.

언니에게선 퀴퀴한 냄새가 났다. 주말인데도 늘 오피스 룩을 챙겨 입고 오는 사람치고는 의외의 냄새였다. 일상의 사사로운 규칙 같은 건 없는 사람의 냄새를 느꼈다. 옷장에 오랫동안 구겨져 있던 옷쯤은 페브리즈 뿌려 대충 입고, 주기적인 환기 같은 건 아예 생각조차 하지 않는. 가끔은 샤워도 안 하고 그냥 침대에 벌렁 눕는. 짧은 순간이지만 언니에게서 그런 정돈되지 않은 일과의 공기가 풍겨 왔다. 내가 호감을 느낄 만한 사람은 아니었다. 언니는 갑자기 나한테 팔짱을 끼더니 이것저것 묻기 시작했다.

"그런데 스터디 왜 해요? 재밌어요? 난 경영책이나 재테크 책도 좀 읽었으면 좋겠던데."

"심심해서 해요. 언니는 왜 하세요?"

"아, 나는 남자 좀 만나 보려고. 수정 씨는 남자 친구 있어요?"

"아뇨, 없어요. 그런데 우리 모임엔 그럴 만한 사람이 없는 것 같은데."

"그니까. 우리 그러지 말고 같이 클럽 갈래요? 직장인들 많은 클럽 하나 알고 있는데."

위에서 밝혔듯이 모범생이면서도 나름 할 건 다 했던 나는 클럽에도 몇 번 가 보았다. 친구들과 방송 댄스 같은 걸 추면서 클럽 물을 흐리거나, 비싸고 맛없는 칵테일로 배를 채우고 나오는 식이었다. 그런데, 직장인들이 많은 클럽이란 대체 무엇일까. 넥타이를 흔들어 대며 명함을 교환하는 곳이려나. 이태원 클럽과 구로디지털단지역 나이트클럽 사이 어딘가의 느낌이려나. 경계의 눈빛을 쏘아 대는 내게 언니는 귀가 솔깃한 말을 꺼냈다.

"20대 재미없지 않아요? 나는 30대 되니까 20대가 얼마나 지루했는지 알겠더라고. 이런 말 뭐하지만 진짜 방탕하고 재밌게 노는 건 30대라니까. 우리 스터디 그만하고 같이 클럽이나 가자."

방탕이라고요? 언니 지금 방탕이라고 했어요? 그 클럽이 어딘진 몰라도, 뭐 하는 곳인지 몰라도 나 가 볼래요. "저 이따 저녁에도 시간 되는데." 즉흥, 추진, 행동력 빼면 살덩이뿐인 나는 방탕의 요람 위에 지금 당장 눕고 싶었다. 넥타이 부대 사이에서 신나게 엉덩이를 흔들고 있을 나를 생각하니 벌써 콧김이 나왔다. "안 돼. 일요일엔 사람 없어요. 금요일 저녁에 가야 재밌어요." 아, 몰랐네요. 죄송합니다.

그렇게 언니랑 나는 금요일 밤 B 클럽으로 향했다. 퇴근하고 집에 들러 노트북을 집어 던지고, 내가 가진 옷 중에서 제일 방탕해 보이는 옷으로 갈아입고, 내가 가진 향수 중에서 제일 방탕한 향수를 잔뜩 뿌리고, 9cm 힐에 올라탄 채 2호선에 몸을 구겨 넣었다. 퇴근 시간을 살짝 넘긴 2호선엔 직장인들이 정말 많았다. 다들 클럽에 가는 건가. 지하철역 앞에 서 있던 언니는 방탕과는 거리가 아주 멀어 보였다. 물론 나라고 크게 다르지 않았다. 순간 이 언니의 모습이 몇 년 후 내 모습일까 봐 겁이 났다. 퀴퀴한 냄새를 풍기며 금요일 밤마다 클럽에 가는 사람. 주말엔 멍한 표정으로 독서 스터디를 하는 사람. 괜찮은 걸까? 모르겠다. 일단 가 보자, 클럽 방탕 하우스에.

클럽엔 언니 말대로 직장인이 많았다. 다들 퇴근하고 여기서 이러고들 있었던 거야? 아는 사람을 만날까 겁이 날 정도로 사람이 많았다. 언니는 보기와 다르게 춤을 잘 췄고 나는 적당히 리듬이나 타며 술을 홀짝였다. 친구들과 올 때보다 긴장됐다. 그 긴장감이 싫었다. 그냥 박명수 쪼쪼 댄스나 추며 좌중을 웃기고 싶었다. 친구들이 있었으면 재밌었을 텐데. 이럴 줄 알았으면 클럽 댄스나 미리 배워 둘 걸 아쉬워하는 와중에 남자 둘이 우리에게 다가왔다. 나가서 한잔하자고 했다. 언니는 나를 슬쩍 보더니 '괜찮지?'라고 복화술을 했다. 나는 '나쁘지 않은 듯'이라는 눈빛을 보냈고, 그렇게 네 남녀는 술집으로 향했다.

남자1은 30대 중반의 호주 영주권자였고, 얼마 전 태풍이 불어 지붕이 날아갔다는 식의 이야기를 아무렇지도 않게 웃으며 했다. 남자2는 남자1의 학창 시절 친구로 외국계 회사 마케터라고 했다. 나는 남자2가 괜찮아 보였고, 언니는 남자1을 마음에 들어 하는 눈치였다. 남자1, 남자2는 나나 언니나 어느 쪽이든 상관없다는 분위기였다. 잘은 모르겠지만, 보통 이런 식의 술자리에서는 코가 삐뚤어질 때까지 안 마시지 않나? 그런데 이 언니는 소주를 물 마시듯 혼자 쉬지 않고 들이붓더니 갑자기 남자1한테 말을 놓기 시작했다. 말만 놓은 게 아니라 느닷없이 서운함을 토로하기에 이르렀다. 언제 봤다고? "그쪽. 그러는 거 아니야. 나한테. 진짜 서운해, 내가." 더 어이가 없는 건 남자1은 그걸 꽤 좋아했다는 거다. 언니는 그렇게 남자1한테 계속 반말로 두서없는 이야길 하더니 비틀거리며 화장실로 향했다. 잠시 후 돌아온 언니에게선 역한 구토의 냄새가 풍겼다. 화장실에서 게워 내고 온 모양이었다. 언니는 토 냄새를 발산하며 맞은편에 앉은 남자1의 얼굴을 부여잡고 그의 볼에 입술을 마구 문질렀다. 으윽. 태풍에 지붕이 날아간 것도 대수롭지 않게 떠들어 대던 남자1의 표정이 한껏 구겨졌다. 뚜껑 없는 집보다 견디기 힘든 냄새였다. 언니는 그러고도 남자1한테 알아듣지 못할 말을 토냄새와 함께 잔뜩 부어 댔다. 망해도 한참 망한 것 같은 술자리를 조금이라도 덜 망하게 해 보려고 언니를 말려 봤지만 술 취한 사람을 이기기엔 역부족이었다. 결국 남자1이 거머리 떼어 내듯 언니를 집어던진 후에야 상황이 종료됐다. 여러모로 최악이었다. 남자 둘은 밖에서 담배를 피우고 들어오더니 "이만 일어나시죠" 하고 종료 휘슬을 불었다.

남자 둘이 떠나고, 나는 역한 냄새와 함께 술자리에 남아 첫차를 기다렸다. 이딴 게 방탕한 30대의 삶이라면 차라리 평생 무료하게 사는 게 낫겠다 싶었다. 방탕하지도 않을뿐더러 재미도 없고 감동도 없고 무엇보다 나는 이 언니의 냄새를 참을 수 없었다. 제발 입이라도 다물었으면 좋겠는데 자꾸 뭐라 혼자 떠들어 댔다. 나는 그제야 알아챘다. 언니는 클럽 동지들에게 여러 차례 버림받았을 거다. 그렇게 클럽 메이트를 찾아 헤매다 어쩌다 운 좋게 나를 포섭한 거고. 정돈되지 않은 퀴퀴한 냄새를 풍기며 말이다.

더 굴욕적인 것은 그러고도 내가 이 언니랑 세 번이나

더 클럽에 갔다는 거다. '어차피 금요일 밤마다 할 일도 없는데' 정도의 마음이었던 것 같다. 그만큼 괴로운 시기였다. 언니는 매번 토를 했다. 그냥 그게 이 언니의 주사인 것 같았다. 잠깐, 여명을 먹일 걸 그랬나. 아냐, 그 비싼 걸(편의점에서 대략 오천 원 정도) 내가 굳이 사다 바치면서까지. 그래 봐야 여명 토 냄새가 났겠지. 언니의 토 냄새를 네 번째 맡았을 때 나는 언니에게 이별을 고했다. 시끄러운 클럽도, 재미없는 술자리도, 처음 보는 남자들의 잘난 척을 들어 주는 것도 다 참을 수 있는데, 언니의 토 냄새는 죽었다 깨나도 또 맡기 싫었다. 썩은 우유와 쉰 나물 냄새가 섞인 그 악취가 나의 현실을 말해 주는 것 같아 서글펐다. 그나저나 이 언니는 대체 금요일마다 뭘 먹고 왔던 거야, 진짜.

혼자 택시를 타고 집에 오는 길에 서럽게 울었다. 날 이렇게 덩그러니 만든 이의 눈길이, 목소리가, 품결의 냄새가, 그것들과 함께 나눴던 약속들이 떠올랐다. 놓쳐 버린 날들이 허무했다. 불확실한 20대의 밤, 악취를 맡으며 떠도는 것이 서글펐다. 다음 날 언니에게 연락이 왔다. "수정아, 내가 자꾸 그런 모습 보여서 미안해. 진짜 미안해. 다신 안 그럴게. 실망했지." 정작 이 말을 해야 할 사람은 따로 있는데. 그건 그렇고, 언니랑 나랑 이 정도 사이였나?
지독히도 구역질 나는 겨울이었다.

에르메스

S를 처음 만난 건 서울역 카페에서였다. 기차역은 좋아하지만, 서울역은 싫어했다. 악취를 풍기는 노숙자, 정신없이 떠들어 대는 사람들, "기운이 좋으세요"라며 은근슬쩍 다가오는 사이비 포교꾼…. 정신없고, 또 정신없는 그곳. 우리는 그곳에서 처음 만났다. S와 나는 좋아하는 영화가 같았고, 말투도 비슷했다. 야무져 보이지만 좀만 들여다보면 빈구석 많은 점도 교집합이었고, 작은 것에서 큰 의

미를 찾으려 애쓰는 점도 비슷했다. 짧은 시간, 그 난리 북새통 한가운데에서 우리는 제 모습을 닮은 서로의 얼굴을 뚫어져라 바라봤다. 이 가을이 예사롭지 않을 것을 예감했다.

우리는 얼마간의 만남 후에 아주 조심스럽게 손을 포갰다. 포갠 손을 가볍게 흔들며 광화문 일대를 걸었다. 매일 걸어도 질리지 않았다. 쾌적한 가을바람을 가로지르는 촉감이 좋았다. 여름 광화문도 좋지만, 가을 광화문은 유난히 맑다. 푸른 하늘 아래 사이좋게 어우러진 경복궁과 북악산 능선을 배경 삼아, 다정한 얼굴들이 손을 맞잡고 걸었다. 우리도 그중 하나였다. 세종문화회관 사거리에서 시청으로, 시청에서 다시 서울역까지 잡은 손을 놓지 않고 걸었다. 적어도 그 가을만큼은 서울역을 사랑할 수밖에 없었다.

실은 처음부터 눈치챘다. S가 내가 쓰는 향수를 몹시도 궁금해한다는 걸. 그는 자주 내 머리 위에, 목덜미에 턱을 파묻었다. "재킷에 수정이 향기가 묻었네." 이런 감성 촉촉한 메시지를 보내오는데, 그가 내가 쓰는 향수를 좋아한다는 걸 모르는 게 더 어려운 일이었다. 공부도 할 만큼 하고, 나이도 먹을 만큼 먹고, 사회생활도 할 만큼 한 S였지만, 정작 중요한 순간엔 어설펐다. 택시 문을 열어 주는 게 어설펐고, 매번 약속 장소에 도착하고 5분 정도는 어색하게 굴었다. 지갑을 자주 손에서 놓쳤고, 내가 예상 밖의 반응을 보이면 얼굴이 빨개졌다. 내 기사 한 줄 한 줄의 의미를 물어보면서도, 내가 쓰는 향수는 물어보질 못하는 S였다. 그가 내게 물어보지 못한 건 향수뿐만이 아니었다. 결혼 계획이나, 곧 접어들 30대의 청사진, 지나온 시간들도 그는 먼저 물어보지 못하고 내가 하는 이야기에서 어렴풋하게나마 힌트를 찾아내려 눈을 가늘게 떴다.

그게 싫지만은 않았다. 약속을 하는 순간 두 사람의 마음은 순식간에 먼 미래로 날아가 그곳에 작고 아늑한 집을 짓는다. 집을 지으러 날아가는 동안, 그리고 짓는 동안에도 부수히 많은 상상을 한다. 함께 떠나자고 했던 도시, 그와 보낼 사계절, 그와 나의 취향으로 꾸민 거실 같은 것들. 집이 완성되는 동안 저도 모르게 마음은 깊어진다. 그러다 관계가 깨지고 나면, 깨질 것을 예상 못 한 이는 텅 빈 집에 홀로 앉아 슬프게 운다. 우는 이에게 두 사람의 역사는 지난 과거만이 아니라 앞으로 올 미래도 포함된 것이었다. 나는 그런 일을 또 겪고 싶지 않았다. 적당히 거리를 둔 그와 나의 관계가 싫지 않았다.

문제는 S가 실눈을 뜨며 수확한 힌트를 마치 정답처럼 여겼다는 거다. 그는 내 동의도 없이 가족과의 저녁 식사를 마련했고, 나는 그게 불쾌했다. 그 하나의 실수에서 앞으로 내가 겪을 피로함이 한꺼번에 몰려왔다. S가 결정적 순간에 저지를 실수들을 혼자 예상하고 섣불리 마음의 문을 닫았다. 한번 쓰레기 같은 관계를 겪고 나면, 한동안은 인간성에 관한 결벽증 비슷한 게 생긴다. 조금의 의아함, 조금의 의뭉스러움, 조금의 실수도 용납할 수 없는. 내가 겪을 낭패를 미리 차단하고자 하는 보호 본능이 발동한다. 한 번의 헛발질쯤은 눈감아 줄 수도 있는 법인데.

우리는 더는 손을 잡고 광화문과 서울역을 오가진 않았지만, 관계가 깨진 후에도 몇 번인가를 더 보았다. 어느 날엔가 그가 울었고, 어느 날에는 내가 울었다. 그때 난 내가 남자로 태어났다면 S 같은 사람으로 태어났을 것이라 생각했다. 겉으론 철두철미해 보이지만, 속은 여린 마음으로 가득한 남자. 그리고 그때의 나는, 나보다 어른인 S가 왜 이렇게 뭘 모를까 답답했다. 하지만 그 당시 S의 나이를 넘기고 보니 그도 참 막막했겠구나 싶다. 알긴 뭘 알아. 여전히 아무것도 모르겠는 걸. 어쩌면 죽을 때까지 몰라도 너무 모르는 상태로 실수하고 깨닫고 후회하며 사는

게 인생이 아닐까 싶다. 그땐 왜 그걸 몰랐을까. 물론 지금
이라고 온전히 아는 건 아니지만.

　후회한단 글을 쓰고 있는 건 아니다. 다만, 향수 이름쯤
은 내가 먼저 눈치껏 알려 줘도 될 일이었는데. 궁금해하
는 걸 먼저 말해 준다고 상처를 덜 받는 것도 아니었을 텐
데. 그때 내가 쓰던 향수는 에르메스 켈리 깔레쉬HERMES
KELLY Caleche였다. 한동안은 이 향수를 뿌릴 때마다 그 가을
의 잔향에 괴로웠다. 헛발질을 한 건 나였던 것 같아서. 잔
향이 옅어질 때까지 뿌리고, 또 뿌렸다. 그렇게 켈리 깔레
쉬 위에 새로운 기억의 톱코트를 열심히 포갰다.

　이제 더는 켈리 향을 맡아도 그 가을의 광화문이, 서울
역이 떠오르지 않는다.

" 향수

뮈 쓰세요?"

바르셀로나에는 하루 일정으로 머물렀다. 큰 짐은 공항에 두고 백팩만 메고 숙소로 향했다. 스페인은 처음이었다. 담배 전 냄새 대신 짙은 향수 냄새가 나는 택시를 타고 숙소로 향했다. 그곳을 숙소로 정한 데에는 몇 가지 이유가 있었는데, 일단 대학 근처의 밝고 젊은 분위기가 마음에 들었고 가격도 무척이나 쌌다. 하루에 3만 원. 4인실 혼성 도미토리였지만 혼성 도미토리가 처음은 아니었던 터라

크게 걱정하지는 않았다. 어차피 하루만 머물 곳이었고.

묵직한 열쇠를 받고 내가 머물 2층으로 올라갔다. 끙끙
거리며 이리저리 돌려 봐도 문이 열리지 않았다. 유럽 자
물쇠 시스템은 정말 알다가도 모르겠다. 분명 왼쪽으로
두 번 돌렸다가 다시 오른쪽으로 한 번 돌리라고 했는데,
아닌가? 그 반대였나? 진땀을 흘리며 끙끙대고 있는데 문
이 벌컥 열렸다. 방에 있던 외국인이 열어 준 거였다. 키가
큰 게 왠지 독일 남자 같았다. 오 땡큐 포 유어 카인드. 나
는 짧게 인사하고 방을 둘러봤다. 나쁘지 않았다. 그러는
동안 이 외국인은 나를 빤히 쳐다봤다. 웨어 아유 프롬?
아임 프롬 사우스 코리아. 웨어 아유 프롬? 아임 프롬 절
머니. 역시나 그는 독일인이었다.

나는 양치를 하고 고딕 지구로 나갈 참이었다. 한시가
급했다. 근데 이 독일 남자가 자꾸만 말을 거는 거다. 본인
은 지금 휴가 중이며, 한국의 쌤숭(삼성)과 함께 일한 적이
있다고 했다. 그러더니 이따 밤에 몬주익 분수를 보고 맥
주 한잔하자는 거다. 분수? 지금 나는 분수 따위를 볼 시
간이 없어, 이 독일 친구야. 쇼핑할 로컬 숍이 몇 군덴데
지금 물 뿜어 대는 거나 보러 가자는 거냐. 나 보디로션도
사야 하고, 샌들도 잔뜩 사야 해. 분수 노노. 물론 조금 아

쉽기는 했다. 여행지에서는 새로운 사람을 향한 호기심이 조금씩은 생기게 마련이니까. 하지만 내게 주어진 시간은 단 하루였고, 둘러볼 곳이 많았다. 나는 분수 노노 쏘리 쏘리라고 하곤 세면 파우치를 들고 공용 샤워실로 갔다.

치약을 수화물에 넣어 둔 것을 깜빡했다. 다시 방으로 가 독일인에게 치약을 빌릴 참이었다. 또 낑낑거리며 문을 열고 방에 들어갔더니, 이 독일 친구가 아까와는 다르게 냉랭한 표정으로 나를 맞이하는 게 아닌가. 뭐지? 싶었다. 혹시 치약을 빌릴 수 있냐고 물었더니, 치약이 없단다. 저 창틀에 있는 저건 뭐야? 치약 아니야? 몬주익 분수 퇴짜 놨다고 삐친 거야? 내가 황당해하는 사이 바르셀로나 지도를 손에 든 외국인 아저씨가 들어왔다. 아저씨는 독일 친구와 나를 번갈아 보며 화들짝 놀라더니 밖으로 나갔다가 방 호수를 확인하곤 다시 들어왔다. 혼성 도미토리인 걸 몰랐던 모양이다. 억양을 보아하니 인도 사람 같았다. 난 인도 아저씨한테 빌린 치약으로 이를 닦고 시내로 나갔다. 독일 친구, 분수 쇼는 이 아저씨랑 보러 가게나.

바르셀로나는 천국이었다. 마시모두띠, 자라뿐만이 아니라, 처음 보는 현지 브랜드도 하나같이 세련되고 아름다웠고 실용적이었다. 먹을 건 또 어찌나 많은지. 구수한 추로스 냄새, 짭짤한 마늘 냄새, 고기 굽는 냄새가 코끝에 맴돌았다. 특히 바코아Bacoa 수제 버거는 내가 지금껏 먹은 햄버거 가운데 그 어떤 것보다 육즙이 살아 있고 건강한 맛이었다. 황홀했다. 나는 숙소에서 독일인이 투척한 불쾌함 따위 금세 잊고, 고딕 지구를 누비며 행복을 만끽했다. 내가 왜 바르셀로나 일정을 하루로 잡았을까. 뭐, 다음에 또 오면 되지. 아쉬웠지만, 아쉬운 대로 좋은 바르셀로나였다.

그렇게 한껏 행복해하며 골목골목을 누비던 중, 향긋한 가죽 향기가 발걸음을 멈춰 세웠다. 향기의 진원지는 가죽 가게였다. 좋은 가죽에서는 좋은 향기가 난다더니, 그 가게가 그랬다. 나무 냄새와 가죽 냄새와 꽃향기가 섞인 냄새에 이끌려 가게로 밀려들 듯 들어갔다. 가게 벽엔 톤 다운된 색감의 가죽 가방들이 걸려 있었다. 어느 것 하나 같은 디자인이 없었고, 색상도 모두 달랐다. 난 넋을 놓고 보았다. 가죽 향기로 마른세수를 하며 유럽을 실감했다. 가게 주인이 직접 염색하고 만든 가방들이라 했다. 뷰티풀! 아이 러브 유어 백! 환호하는 내게 주인 언니가 물었다. 혹시 지금 뿌린 향수가 크리니크 아로마틱스 엘릭서 Clinique Aromatics Elixir가 맞냐고. 오! 맞다고 했다. 이 언니는 아로마틱스를 16살부터 뿌렸다고 했다. 제일 좋아하는 향이라고. 나중에 찾아보니 이 향수는 무려 1971년도에 나온 역사 깊은 향수였다.

아로마틱스는 프랑스 세포라에서 처음 발견했다. 처음엔 둥그렇게 잘 빠진 디자인에 끌려 시향했다가, 너무 센 톱코트에 인상을 구기며 내려놨던 향수다. 그러고 30분 정도 돌아다녔을까. 처음 맡아 보는 고급스러운 비누 향기가 어딘가에서 흘러왔다. 나한테서 나는 향기였다. 아로마틱스 잔향은 정말이지 최고다. 비누 냄새를 좋아하는데 남들 다 쓰는 향수는 싫다면 무조건 아로마틱스다. 유치하지 않은 비누 향기다. 이 향수 뿌린 날은 꼭 한 번씩은 "향수 뭐 써요?" 소리를 듣는다. 그렇게 미들 노트에 반해 홀리듯 구매한 아로마틱스는 에르메스 켈리 깔레쉬와 함께 내 인생 향수 TOP3 중 하나다. 나머지 하나는 속옷 스파 브랜드 오이쇼Oysho의 넘버1. 이 향수도 오스트리아 빈 옷가게 주인 언니한테 무슨 향수냐는 질문을 받았다. 이쯤 되면 걸어 다니는 향수 가게 아닌가.

사장 언니와 한참을 향수에 대해 떠들고 있는데, 그 가게의 단골손님으로 보이는 또 다른 언니가 들어왔다. 언니는 가게에 들어오자마자 "오! 이 향수 오랜만이네!" 하며 웃었다. 사장 언니는 "나 말고 이 코리안 걸이 뿌린 거야. 나 완전 놀랐잖아"라며 나를 가리켰다. 향수 애호가 세 사람은 향수와 유럽 여행과 신발과 빈티지 옷에 대해 실컷 이야기를 나눴다. 나는 그 가게에서 흰색이 한 방울씩 섞인 파랑, 빨강, 검정 가죽 가방 세 개를 100유로에 구매했다.

가방 세 개를 짊어지고 숙소로 돌아가는 길, 저 멀리 형형색색의 굵은 물줄기가 보였다. 엄청난 규모였다. 아, 이게 아까 독일인이 말한 몬주익 분수구나. 그냥 유럽에서 흔하디흔한 분수인 줄만 알았는데, 몬주익 분수 쇼의 스케일은 차원이 달랐다. 물을 이렇게나 대규모로 휘황찬란하게 뿜어 대다니. 더 놀라웠던 건 그 쇼의 배경음악이었다. 데스티니스 차일드Destiny's Child, 제니퍼 로페즈의 오래된 히트곡들이 신명 나게 흘러나왔다. 묘한 풍광이었다. 알고 보니 몬주익 분수 쇼는 세계 3대 분수 쇼 가운데 하나란다. 이런 건 누가 정하는지 모르겠지만, 스케일 하나만큼은 확실히 글로벌했다.

주변을 둘러보니 온통 커플, 관광객 천지였다. 혼자 온 사람은 나뿐이었다. 쓸쓸해진 나는 가죽 가방 세 개를 끌어안고 숙소로 돌아갔다. 독일인과 인도 아저씨는 코를 드렁드렁 골고 있었다. 밤 11시도 안 된 시간이었다. 숙소에선 어릴 적 사촌 오빠 방에서 나던 냄새가 났다. 낮에는 없던 냄새였다. 나는 아로마틱스를 침대와 베개에 칙칙 뿌리면서 다음부턴 혼성 도미토리는 절대 잡지 말아야겠다고 작게 다짐했다.

시소

일본 후쿠오카 도진마치 역에는 '마마스&파파스'라는 작은 밥집이 있다. 일흔 정도 되셨을까. 허리가 굽은 할머니 혼자 일하시는 이곳은 내가 후쿠오카에 갈 때면 꼭 들르는 장소다. 멘치카츠, 돈가스, 고등어구이, 닭튀김 같은 메인 메뉴가 고슬고슬한 밥과 부드러운 두부, 신선한 채소와 함께 정성껏 한 상 차려져 나온다. 주인 할머니의 오랜 내공이 혀끝으로 충만하게 느껴진다.

마마스&파파스보다 맛있는 일본 가정식을 아직은 먹어 보지 못했다. 할머니는 눈과 귀가 안 좋으셔서 가끔은 시킨 것과 다른 메뉴가 나오기도 하지만, 뭘 먹어도 맛있었기에 문제 될 건 없었다. 어두운 눈과 귀로 이렇게 훌륭한 튀김을 만드시다니. 신기하기도 하고 죄송하기도 한 그런 마음. 가게 곳곳에는 과거 라이브 공연도 하고 손님으로 북적였던 흔적이 남아 있다. 세월의 더께가 내린 공연 포스터와 낡은 냉장고, 동네 시장에서 장을 봐 온 듯 소박한 채소 더미, 먼지가 쌓인 전화기가 사이좋게 가게 곳곳을 지키고 있다.

모든 메뉴가 황홀하리만치 맛있지만 그중에서도 나는 멘치카츠*를 가장 좋아했다. 마마스&파파스의 멘치카츠를 유독 좋아했던 건 이곳 특유의 오묘한 향 때문이다. 고수도 아니고 시금치도 아니고 무언지 모를 향긋한 향이 고기 육즙과 함께 입 안을 가득 물들였다. 멘치카츠를 한 입 베어 물고 있으면 입 안, 혀끝, 코끝으로 그 향긋한 내음이 한 바퀴 휘잉 돌았다. 뜨끈 짭짤한 육즙과 함께 쫄깃한 흰쌀밥을 한 숟가락 꿀꺽 삼키면 나도 모르게 손뼉을

---

* 다진 고기에 빵가루와 달걀옷을 입혀 튀긴 일본식 커틀릿

치게 된다. 비슷한 향을 일본의 다른 음식에서도 느껴 본 듯한데, 이곳 멘치카츠의 향은 더욱 특별했다. 전에 맡아 본 향과 같은 향인지는 잘 모르겠다. 같은 것도, 아닌 것도 같다. 할머니에게 향기의 정체를 여쭤보고 싶었지만 주문도 간신히 했던 것을 떠올려 보면 그냥 궁금증을 궁금증으로 남기는 편이 낫겠단 생각이었다.

그렇게 마음속에 마마스&파파스 멘치카츠 향기의 비밀을 품고 지내던 어느 날, 친정집 동네에 있는 한 식당에서 그 비밀을 풀 수 있었다. 이 식당의 인기 메뉴는 고등어 초밥이었는데, 비리지 않고 신선한 맛이 일품이라는 말에 궁금해 찾아갔다. 고등어 초밥은 처음이라 잔뜩 긴장하며 한입 먹었는데… 오?!! 마마스&파파스 멘치카츠의 바로 그 향이 나는 게 아닌가. 냄새의 정체는 고등어 밑에 놓인 초록색 잎이었다. "사장님, 이 초록색 이거 뭐예요?!" 향긋 오묘한 그 향은 '일본 깻잎'이라 불리는 '시소'였다. 나는 오래 묵은 체증이 내려간 듯 펄쩍 뛰며 기뻐했다. 아아, 시소였구나. 이 냄새였구나. 일본에 사는 친구가 말하기로는 시소는 일본인 사이에서도 호불호가 갈리는 채소란다. 하긴, 남편도 깻잎이라면 질색을 하니깐.

민감한 상황에 더해 바이러스에 갇히기까지 하니 일본

은 더욱더 먼 나라가 되었다. 일본에 사는 친구들도 그립지만, 마마스&파파스 할머니의 안부도 무척이나 궁금하다. 뜨끈한 육즙과 시소 향이 어우러졌던 멘치카츠. 언젠가 다시 먹게 될 날이 올까. 그때까지 할머니가 건강하셨으면 좋겠다. 그리고 당신도, 나도. 우리 각자의 마마스&파파스에 다시 갈 날이 꼭 돌아오길. 꼭 그런 날이 돌아오길 바라 본다.

여 행 이

그 리 울 때 면

돈도 아니고, 시간도 아니고, 사람도 아니고, 바이러스가
여행길을 막을 줄은 꿈에도 몰랐다. 역사책에서나 보던
역병이 우리 세대에도 창궐할 줄은 정말이지 몰랐다.

안 그래도 냄새에 예민한 나는 1년째 냄새를 맡고 다닌
다. 봄에는 봄에 떠났던 나라의 냄새가, 여름에는 여름에
떠났던 나라의 냄새가, 그리고 가을에는 가을에 떠났
던…. 사계절 내내 쿵쿵거리고 돌아다니며 아, 파리 생각

난다, 아, 캐나다 생각난다면서 시도 때도 없이 여행의 추억에 허우적거린다는 거다. 처음엔 남편도 공감해 주더니 아침저녁으로 여행 타령, 냄새 타령하니 이 여자가 여행을 못 해서 조금은 돌아버린 것인가 걱정의 눈빛으로 바라보는 것을 나는 알고 있다.

나도 안 맡고 싶다 여행 냄새. 그런데 나는 걸 어쩌랴. 벚꽃이 피는 봄에는 일본 도쿄의 냄새를 느낀다. 푸르스름한 나무 냄새와 일본 특유의 물비린내가 생각난다. 늦봄, 초여름 사이에는 주로 유럽의 냄새들이 그리워진다. 매년 5월이면 출장을 떠났던 남프랑스, 출장 끝에 가졌던 일주일간의 휴가. 초목의 싱그러움이 묻은 햇살 내음과 상쾌한 공기 냄새만 맡으면 유럽의 돌바닥, 쇼핑몰, 예스러운 가게들이 사무치게 그립다. 가을은 또 어떻고. 가을 냄새에서는 캐나다를 그리워한다. 구수한 라테 냄새, 신선한 흙냄새, 우뚝 솟은 산맥의 맑고도 묵직한 냄새가 가을 공기를 타고 태평양 건너 나의 코끝까지 날아온다. 겨울에는 신혼여행이 떠오른다. 뼛속까지 시리게 만들었던 파리의 비 냄새, 거리마저 향기로웠던 빈, 편안한 난로 향기로 가득했던 할슈타트 이층집. 에그 타르트와 대마초 냄새가 섞여 있던 리스본도 빠질 수 없지.

언뜻 코끝을 스치는 계절의 냄새들에서 그 냄새에 파묻혀 지냈던 여행지가 떠오른다. 냄새라도 맡을 수 있으니 다행인 걸까. 냄새로나마 여행을 추억할 수 있음에 안도해야 하나.

1년 넘게 여행을 갈구하다 보니 나름의 대처법이랄까 대안이 생겼다. 여행지마다 솔루션이 조금씩 다르다. 먼저, 유럽이 그리울 땐 H&M, ZARA 매장에 간다. 그곳에서 나는 유럽 쇼핑몰, 백화점 냄새를 맡는다. 매장 특유의 향기와 새 옷 냄새를 맡고 있으면 잠시나마 유럽 대도시에서 신나게 돌아다녔던 날들이 떠오른다. 그러곤 작은 액세서리나 잠옷 같은 것을 사서 쇼핑백을 달랑 들고 초여름 냄새를 맡으며 집으로 온다. 집에 오는 길에는 꼭 두아 리파Dua Lipa의 〈IDGAF〉, 〈One Kiss〉처럼 여행 당시 유러피안 음원 차트를 달궜던 노래들을 듣는다. 그래야 완벽한 냄새 물아일체가 이루어진다. 집에서 글을 쓸 때는 유튜브로 H&M, ZARA 매장 음악을 틀어놓거나 유럽 라디오를 재생시킨다. 창문을 활짝 열어 바람을 들게 한 뒤, 유럽에서 사 온 향초를 타닥타닥 태운다. 그러면 주공 아파트가 바로 유럽 에어비앤비가 된다.

일본 여행이 생각날 땐 늦은 밤 편의점을 찾는다. 편의점은 꼭 치킨이나 닭꼬치 같은 튀김류를 파는 곳이어야 한다. 그래야 숙소 앞 편의점에서 캔 맥주와 닭튀김을 사 먹던 일본 여행 냄새를 느낄 수 있다. 비 오는 날 시티팝을 들으며 물 냄새를 맡는 것도 방법이다. 일본에서는 물 냄새가 난다. 비행기에서 내리자마자 가장 먼저 맡게 되는 냄새. 지하철에서도, 거리에서도 맡을 수 있는 눅눅한 물 냄새. 내가 다니던 고등학교는 일본 학교와 자매결연을 맺어서 그곳 학생들과 편지를 주고받은 적이 있다. 일본 친구가 보내온 편지에서 습기를 머금고 축축해진 종이 냄새가 났다. 그 냄새는 왠지 모르게 외롭고 쓸쓸했다. 일본의 집 냄새일까 궁금했다. 처음 일본 여행을 떠났을 때, 나는 일본 친구가 보내온 편지의 냄새가 떠올랐다.

누구나 자신만의 여행 하이라이트가 있다. 그림 같은 풍경을 마주한 순간일 수도 있고, 쇼핑일 수도 있고, 맛집 찾기일 수도 있다. 그것도 아니면 공항에 도착해 설레는 마음으로 면세품을 찾는 일, 비행기가 이륙할 때의 기쁨, 기내식을 먹는 순간일 수도 있겠다. 내 여행 하이라이트는 숙소에서 샤워하는 일이다. 숙소에 도착해 장시간 비행의 피로를 씻어 내리고, 쇼핑과 관광으로 늑진해진 몸을 풀어내며 내일의 행복을 기대하는 일. 집 욕실과는 다른 샤워기, 건식 바닥, 비린 석회 냄새, 숙소마다 개성이 느껴지는 욕실 인테리어, 보송하고 도톰한 수건까지도 모든 게 설렌다.

배우 정유미는 여행지에 도착하면 향수 하나를 사서 여행 내내 그 향수를 뿌리고, 그 도시가 그리워지면 그때 썼던 향수를 쓴다고 한다. 내 경우엔 샤워 젤을 산다. 숙소에 도착해 짐을 놓자마자 가장 가까운 마트부터 찾는다. 그곳에서 용기가 예쁘거나 인터넷에서 향이 좋다고 익히 봐온 샤워 젤을 집어 다시 숙소로 들어간다. 설레는 마음으로 손에 샤워 젤을 졸졸 따르고 거품을 만든다. 습기와 함께 샤워 젤 향기가 코에 닿는다. 대체로 첫 타자에 합격. 여행이 끝날 때까지 같은 샤워 젤을 쓴다. 만약 호텔 어메니티가 마음에 들었다면 그 제품을 줄곧 쓴다. 그리고 한국으로 돌아오기 전에 여행지에서 썼던 샤워 젤을 여러 개 사서 챙겨 온다.

추억이 녹아든 샤워 젤로 몸을 씻는 것만으로도 여행지에 와 있는 기분이 든다. 따뜻한 거품 향기를 맡으면, 욕실 문밖은 낯선 타국일 것만 같다. 여행지의 공기가 넘실댈 것 같다. 그곳에 두고 온 내 마음들이, 기억들이, 냄새들이 거품과 함께 자작자작 스며든다. 그 순간이 그렇게 행복할 수가 없다. 물기를 닦고 옷을 챙겨 입고 나와 공기 냄새를 맡는다. 샤워 젤 향기가 더해져 그리운 도시들의 냄새가 더욱 선연하게 마음을 간지럽힌다. 많이 그립다. 정말, 너무 그립다.

누군가에겐 한심하게 들리거나 그렇게까지 여행이 그리울까 싶을 수 있겠다. 하지만 꼭 해외가 아니더라도 누구에게나 그리운 장소들이 있을 것이다. 당신이 지금 가장 그리운 곳은 어디인지 가만 떠올려 보고, 한걸음에 달려갈 수 없는 곳이라면 그곳을 떠올릴 만한 냄새들을 찾아보길 바란다. 분명 어딘가에는 그리움의 흔적이 묻어 있을 테니까. 오늘의 이곳에 충실한 것도 중요하지만 그리움의 마음을 외면하며 살고 싶진 않다. 그때 그곳의 나도 분명 나의 일부이니까. 오늘의 이곳에 그리움의 향기를 살짝 추가하는 일. 그렇게 잠깐이라도 여행지를 추억하는 일. 그것 또한 오늘에 충실한 나만의 방법이라고 말하고 싶다.

데오드란트

언젠가 친구와 화장품 가게에 갔다가 놀란 적이 있다. 화
장품에 크게 관심이 없는 아이였는데 데오드란트를 유난
히도 꼼꼼히 고르는 게 아닌가. 친구에게서 불쾌한 냄새
를 맡아 본 적이 없었기에 의아했다. 느닷없이 데오드란
트를 사겠다는 것도 신기했지만 그걸 또 팔짱을 끼고 진
지하게 고르고 있는 모습이 낯설었다. 궁금해진 나는 친
구의 표정을 유심히 살폈고, 가만 보니 친구는 데오드란

트 사는 걸 조금 부끄러워하는 것 같기도 했다. 나는 내가 썼던 것 중에 괜찮았던 제품을 몇 가지 추천했다. 친구는 이건 향이 너무 진해, 이건 너무 데오드란트 티가 많이 나는 향이야 등 다양한 이유로 구매를 망설였다.

"너 원래 쓰던 건 뭔데?"

"데오드란트 원래 안 쓰는데 한번 써 보려고."

갑자기 웬 데오드란트냐고 묻지 않았다. 이 친구는 이제 막 연애를 시작한 참이었다. 그제야 데오드란트 앞에서 복잡미묘한 표정을 짓던 친구의 표정이 이해됐다. 그렇지. 그럴 수 있지. 신경 쓰이지 냄새.

나도 겨드랑이 냄새에 민감한 편이다. 액취증까지는 아니지만, 땀이 제법 많은 편이어서 데오드란트를 쓰지 않은 날에는 혹여라도 쾌적하지 않은 냄새가 날까 늘 신경 쓴다. 적당한 거리가 유지된 사람들까지 일일이 의식하지는 않지만, 밀착해야 하는 관계라면 얘기가 달라진다. 말하자면 연인 사이에서는 냄새를 신경 쓰지 않으려야 않을 수 없다는 거다. 개인 간의 거리, 휴먼버블이 제로에 가까운 연인에게는 아주 작은 냄새까지도 전해질 수밖에 없으니까.

조금 거친 예시일 수 있는데, 한 친구는 여자 친구가 여름만 되면 본인의 겨드랑이에 손등을 문지르곤 그 냄새를 맡는다며 신기해했다. 나는 일단 여자 친구의 손등이 겨드랑이에 닿아도 간지러움을 참을 수 있는 그 친구가 더 신기했고, 그 냄새를 맡는 여자 친구는 물론이거니와 본인의 냄새를 부끄러워하지 않는 친구가 달리 보였다. 나는 남편의 거의 모든 냄새를 사랑하지만 그렇게까진 못할 것 같다. 어쩌다 냄새를 맡게 되는 건 몰라도 굳이 노력을 기울여 손등을…. 반대로 남편이 내게 그렇게 한다고 해도 거부할 거다. 사랑이 부족한 게 아니라 용기가 부족해서다. 나의 겨드랑이 냄새를 맡게 할 용기, 그의 냄새를 맡을 용기.

물론 서로의 냄새 따위 의식하지 않게 되는 순간도 있다. 그건 좀 다른 차원의 문제다. 천천히 냄새를 탐닉하고, 냄새로 사랑을 느끼는 순간. 데오드란트니 향수니 무용해지는 순간. 서로의 체취가 하나 되는 그 순간에는 어떤 냄새도 사랑스럽고 농밀하게 느껴진다. 일상에서는 상상할 수 없는 냄새들로 범벅이 되고도 아무렇지 않은 순간들을 우리는 잘 알고 있다.

그래도 남편에게 내 겨드랑이 냄새만큼은 공개하고 싶지 않다. 뭐 굳이 겨드랑이 냄새를 알려 줄 필요가 있을까 싶다. 냄새의 마지막 보루랄까, 마지막 자존심이랄까. 내게 있어 겨드랑이 냄새는 냄새 중의 냄새 같은 느낌이다. 그래서 나는 연애 시절은 물론 결혼 후에도 빠지지 않고 데오드란트를 사용한다. 다른 건 몰라도 겨드랑이 냄새만큼은 남편과 거리감을 유지하고 싶다.

남편에게 혹시 내 겨드랑이 냄새를 맡은 적이 있냐고 물었더니 두어 번 있었다며 본인이 더 당황했다. 이거 봐. 내가 아무리 냄새를 신경 쓰고 관리해도 가까이 붙어 지내는 관계라면 맡을 수밖에 없다. 무슨 냄새냐고 물었더니 귀여운 냄새였다고 한다. 듣기 좋으라고 한 소리겠지만, 나 역시 남편의 발 냄새와 목덜미 냄새를 귀여워하는 터라 "그럴 수 있지" 하며 고개를 끄덕였다. 아무리 귀여운 겨드랑이 냄새라도 숨기고 싶다. 아직까진 그런 마음이다.

데오드란트를 깐깐하게 살펴 고르던 친구처럼, 나 역시 데오드란트 앞에서 늘 신중했다. 데오드란트 선택지가 다양하지 않았던 몇 년 전까지만 해도 스틱형이나 스프레이형도 곧잘 사용했지만, 이제 롤온 형태로 나온 액상형만 쓴다. 스프레이형은 사용할 때마다 코에도 데오드란트가 들어오는 게 느껴졌고, 스틱 타입은 하얀 크림이 옷에 묻어나는 게 영 찜찜했다. 그에 반해 롤 타입은 기관지와 옷에 묻을 데오드란트를 걱정하지 않아도 된다는 점에서 바람직했다.

수많은 롤 타입 데오드란트를 사용해 본 결과 마침내 인생 데오드란트를 찾았으니. 르 쁘띠 마르세이에Le petit Marseillais 데오드란트다. 마르세이에는 프랑스 국민 뷰티 브랜드인데, 저렴한 가격에 탁월한 품질을 자랑한다. 프랑스 마트에 가면 가장 많은 자리를 차지하고 있는 브랜드이기도 하다. 이 브랜드의 거의 모든 제품을 사랑한다. 데오드란트도 빠질 수 없다. 프랑스 현지에서 50㎖ 데오드란트 하나에 3유로 정도면 살 수 있었다. 데오드란트 최고의 미덕인 산뜻함, 적당한 향, 유지력 모든 면에서 그간 써 본 롤온 데오드란트 가운데 최고다. 용기에 적힌 24시간 유지력은 전혀 과장이 아니었고, 자연주의 제품답게 피부에 자극이 없는 점도 훌륭했다.

코로나로 유럽에 갈 수 없게 되자 가장 먼저 떠오른 것이 이 마르세이에 데오드란트였다. 샤워 젤이나 다른 제품들은 직구 쇼핑몰에서 쉽게 볼 수 있었는데, 이 데오드란트만큼은 찾을 수 없었다. 갖고 있던 데오드란트가 바닥을 보이자 초조해진 나는 직구 쇼핑몰 사장님에게 메일을 보내 제발 이 롤온 데오드란트를 입점해 달라는 호소를 하기에 이르는데… 감정에 호소한 내 메일은 통했고, 이제 8,000원대면 언제든 쉽게 인생 데오드란트를 구매할 수 있게 되었다(하지만 안타깝게도 이 제품은 얼마 전 단종되었다).

드라마 〈섹스 앤 더 시티〉에서 주인공 캐리는 남자친구 에이든과 살림을 합친 후 자신의 집이 에이든의 물건으로 도배되자 머리에 김을 내뿜는다. 데오드란트가 대체 왜 다섯 개나 필요하냐며 발끈한다. 그때 에이든은 다섯 개 전부 다 향이 다르다고 대답한다. 나는 단 한 번도 에이든을 멋있다거나 섹시하다고 생각한 적 없었는데 그 장면에서만큼은 에이든이 근사해 보였다. 데오드란트를 무려 다섯 개나 갖고 있다니. 다섯 개의 향이 모두 다르다니. 에이든, 자네의 촌스러운 취향, 어떤 미학적 가치를 찾아보기 힘든 목걸이는 도저히 참을 수 없지만 향에 있어서만큼은 뭘 좀 아는 사람이었군. 물론 에이든이 데오드란트를 백 개를 갖고 있다 할지라도 나는 무조건 미스터 빅의 편이었지만.

겨드랑이를 들어 데오드란트를 샥샥 문지르는 동작은

내가 봐도 그리 아름답지는 않다. 그런데도 뭐랄까 향수가 대놓고 향기로 치장하는 일이라면, 데오드란트는 나만 아는 냄새를 영원히 나밖에 모르게 은밀히 숨기는 어른의 일처럼 느껴진다. 이렇게 글로 써 버렸으니 은밀히 숨기는 것은 이미 글러 버렸지만.

핸드크림이

그냥 핸드크림이

아니라고

1

처음으로 로션이 아닌 핸드크림을 발랐던 건 고등학교 1학년 때였다. 손에만 바르는 크림이 있다는 걸 알게 된 것도 고등학교에 들어가고 나서다. 고등학생은 학교에 머무는 시간이 길었기 때문에 이런저런 화장품들이 필요했다. 사물함에는 클렌징폼, 기름종이, 컬러 로션, 핸드크림이 빠지지 않고 한 자리 차지하고 있었다. 핸드크림을 쓰는 친구들은 많지 않았던 걸로 기억한다. 그런데도 나는 꼭 핸드크림을 책상 귀퉁이에 올려놓고 틈만 나면 손에 발랐다. 언젠가 고등학교 동창회에 나갔더니 친구들이 나를 떠올리면 금색 도브 핸드크림부터 생각난다고 했다. 학창 시절 나는 마치 경건한 의식이라도 치르는 양 핸드크림을 야무지게 바르고 문제집을 폈다는 게 아닌가.

실제로 그러했다. 나는 의식을 치르는 마음으로 핸드크림을 발랐다. 핸드크림을 왼쪽 손등 위에 콩알 크기로 짠 뒤, 그걸 오른 손바닥으로 뭉갠 후 왼쪽 손바닥에도 옮기고 양손 가득 꼼꼼히 바른다. 손가락 끝까지 빠지지 않게 크림을 묻힌다. 그 모습은 마치 뭔가를 착수하기 전 "어디 한번 해 볼까요"라며 손을 비비는 것처럼 보인다. 핸드크림을 바를 때의 내 마음도 딱 그러하다. '어디 한번 해 볼까' 하며 핸드크림과 함께 결의를 다지는 거다. 운동선수들이 경기를 시작하기 전 각자의 자세로 몸을 풀 듯, 가수들이 무대에 오르기 전 목을 가다듬듯, 나는 꼭 무언가를 시작하기 전에 핸드크림을 바른다. 청소를 하거나 운동을 하거나 글을 쓰거나 심지어는 영화를 보거나 운전을 할 때도 핸드크림 의식을 치른다. 내 차에는 핸드크림이 꼭 하나씩은 놓여 있다. 자주 드는 가방에도 비상용 핸드크림을 넣어 둔다. 외출할 때 핸드크림을 두고 온 사실을 깨달으면 다시 집으로 가 핸드크림을 집어 온다. 이미 돌아가기에 늦은 시간이면 화장품 가게에서 핸드크림을 새로 산다. 없으면 불안하다.

핸드크림을 바를 때 새겨지는 다짐과 촉감과 문득 턱을 괴었을 때 손에서 나는 향기, 이 모든 게 좋다. 게다가 나는 손에 땀이 많은 편인데, 손을 씻고 핸드크림을 바르면 신기하게도 바르지 않았을 때보다 땀이 덜 난다. 왜 그런지는 잘 모르겠다. 심리적인 이유 때문이려나. 연애 초반 남편이 나를 보며 신기해했던 백 가지 중 하나는 하루에도 수십 번씩 핸드크림을 바르는 모습이었다. 또 발라? 핸드크림이 그렇게 좋아? 또 발라? 아냐. 난 안 발라도 돼. 내 손에 남아 있는 핸드크림을 제 손에 옮겨 바르며 난 이 정도면 된다는 식이었다. 지금도 침대 머리맡에 핸드크림이 두 개나 놓여 있다. 그날의 기분에 따라 골라 바른다.

2

나를 스친 무수히 많은 핸드크림을 떠올려 본다. 다음은 인생 핸드크림 몇 가지.

- 프랑스 중저가 화장품 브랜드인 가르니에Garnier의 울트라 두Ultra Doux. 고급스러운 크림 향이다. 보습력도 울트라급. 프랑스 현지에서는 몇천 원 대에 샀는데, 직구로 사려면 만 원 이상은 줘야 하는 것 같다.

- 라린Lalin 핸드크림 모노이Monoi 향. '모노이'는 하와이에서 자라는 꽃의 이름이라고 한다. 하와이를 가 본 적 없어서 그런지 처음 맡아 보는 향이다. 포근하고 귀여운 향기. 라린은 뉴욕, 일본, 바르셀로나에 매장이 있고, 한국엔 아직이다. 직구로 구매할 수 있는데 가격은 현지 가격과 비슷하다. 2만 원대.

- 리투알Ritual 핸드크림 스윗 오렌지&체다 우드Sweet orange&cedar wood 향. 리투알은 네덜란드 스파 브랜드. 신혼여행 때 리스본 숙소에 있던 어메니티가 이 향이었다. 이름 그대로 우디한 오렌지 향이다. 상큼하지만 너무 발랄한 느낌은 아니라 좋다. 버터처럼 부드럽게 발리고 보습력도 뛰어나다.

- 브링그린 티룸 핸드크림 플라워 티 향. 올리브영 자체 제작 상품이다. 흔히 생각하는 꽃 향 로션이 아니라, 진짜 꽃집에 들어가면 나는 바로 그 냄새다. 핸드크림을

집에 두고 온 날 급한 대로 산 크림이었는데, 나중에 향을 맡고는 깜짝 놀랐다. 이 핸드크림만 있으면 걸어 다니는 꽃집 연출 가능.

3

출장 갈 때마다 동료들 선물을 샀다. 선물은 늘 핸드크림. 사실 핸드크림보다 립밤을 사는 편이 더 편하다. 가격도 싸고, 부피도 많이 차지하지 않고, 1+1 할인도 많이 한다. 그런데도 나는 항상 핸드크림을 이고 지고 짐 가방에 넣어 왔다. 한국에서 구하기 힘든 핸드크림을 선물로 받았을 때의 기분을 나는 잘 아니까. 립밤보다 핸드크림의 활용도가 높다고 생각하니까. 출장이나 여행에서 회사 동료의 선물을 사 본 사람들은 핸드크림을 열댓 개씩 사 온다는 게 생각만큼 간단하지 않은 일이라는 걸 잘 안다. 따로 시간을 내 핸드크림을 고르고, 내 짐을 줄여 동료들의 핸드크림을 넣고, 그걸 들고 회사까지 오는 일. 아무리 싼 핸드크림이라도 열 개 스무 개가 되면 적지 않은 돈이 된다. 이런 수고를 아는지 모르는지는 받을 때 표정을 보면 안다. '뭔지는 모르겠지만 사 왔구나.' vs '아이고, 일하느라 고생했는데 뭘 선물까지 챙겨 왔어.' 그렇다고 내가 매번 속으로 이렇게 생색을 내면서 사 왔다는 건 아니다. 그럴 거였으면 한 해쯤은 건너뛰었을 거다. 일 때문이든 뭐든 간에 바다 건너 멀리 나간 김에 사 오는 거다. 나도 그만큼 동료들에게 받았으니까.

한번은 이런 일이 있었다. 신혼여행에서 돌아와 처음 출근한 날이었다. 내 생각은 그렇다. 아무리 회사 동료라 하더라도 결혼식 안 갈 수 있고, 축의금도 안 할 수 있는 거라고. 진심으로 그렇게 생각한다. 그래도 축하한다는 말 한마디쯤은 해야 하는 것 아닌가 하는 생각인 거다. 그런데 한 번도 축하 인사를 건네지 않았던 동료가 내 얼굴을 보자마자 트집을 잡는 게 아닌가. 동료들 책상 위에 선물용 핸드크림을 하나씩 올려놓느라 정신이 없는 내 등 뒤로 말이다. 보통의 나는 회사 동료가 내는 짜증은 그냥 넘기는 편이다. 부당한 짜증이라도 웬만하면 듣고 넘긴다. 담아 두지 않는다. 대꾸하는 시간과 에너지가 아까워서다. 내가 아닌 제삼자가 그걸 왜 참았냐며 나보다 더 화내는 게 일상이었다. (종종 '보살'이라 불리는 나였다.) 그런데 그날만큼은 마음이 배배 꼬였다. 나는 짜증을 삼키며 상황에 대해 정확히 설명했고, 동료와의 대화는 좋게 마무리되는 듯했다. 애써 웃으며 마침표를 찍은 대화에, 평소의 나 같으면 절대 하지 않았을 말을 살포시 끼얹었다. "잊으셨겠지만 제가 결혼을 하고 신혼여행을 다녀왔거든요. 그 핸드크림은 신혼여행 선물이에요. 유용하게 써 주세요." 축하한다는 말은 못 들었지만 고맙다는 말은 꼭 듣고 싶었다.

4

백화점에 가면 나는 가난해지는 기분이 든다. 비싼 옷과 신발과 화장품을 보기만 해도 지갑이 가벼워지는 기분이다. 쓰지도 않은 돈이 통장에서 나간 듯 심란해진다. 얼마전엔 여의도에 새로 생긴 백화점에 다녀왔다. 엄청난 인파에 건물이 들썩거렸다. 그곳은 머리부터 발끝까지 그럴싸하게 차려입은 멋쟁이들로 가득했다. 재택 생활에 살이 $20kg$이나 찌면서 멋과는 거리가 멀어진 나는 멋쟁이들 앞에서 왠지 모르게 주눅이 들었다. 너무 대충 입고 나왔나. 명품 가방이라도 들고 나올 걸. 이런 촌스러운 생각을 하머 사람들에게 밀려서 여기에서 저기로, 저기에서 다시 여기로 떠다녔다. 생전 처음 보는 브랜드가 이정표처럼 머리 위에 떠다녔다. 낯선 브랜드의 이름을 읽는 것만으로도 통장 잔액이 줄어드는 느낌이었다. 이 많은 사람은 다 어디에서 무슨 일을 하며 돈을 버는 걸까. 갑자기 저혈압이 왔다. 더는 못 있겠어. 근처에 있는 다른 쇼핑몰로 발걸음을 옮겼다. 커피라도 마시고 집에 가야겠다는 마음이었다.

그곳은 한산했다. 사진 찍는 사람들로 붐비지도 않았다. 늘 보던 가게, 익숙한 동선을 따라 카페로 향했다. 그러다 문득, 이숍^Aesop 냄새가 나를 잡아 세웠다. 지인들에게 선물한 적은 있어도 정작 나는 한 번도 써 보지 못한 이숍 핸드크림이 사고 싶었다. 매장 직원은 아주 정성껏 내 이야기에 귀를 기울여 주고, 제품을 추천했다. 그리고 매끈하고 길쭉한 핸드크림을 파우치에 넣어 향수까지 칙 뿌려 줬다. 나는 신상 백화점에서 가난해진 기분을 3만 천 원짜리 핸드크림을 사며 달랬다. 멋쟁이는 아니지만 멋쟁이들이 쓰는 향기는 살 수 있지. 살구색 이숍 향기를 맡으며 간만에 멋쟁이가 된 기분으로 집으로 돌아온 어느 주말이었다.

가끔은

향기가

과한 사람

어느 해인가 친구가 생일 선물로 립스틱을 건네면서 "핸드크림 사려다가 립스틱으로 샀어. 개수(내 별명이다)는 이미 향기가 많잖아"라고 하는 게 아닌가. 나는 친구의 말에 박장대소를 터트렸다. 이미 향기가 많다니. 향수도 아니고, 핸드크림도 아니고, 향기가 많다니. 따지고 보면 이보다 정확한 표현은 없었다. 향수도, 핸드크림도 결국엔 향기들이니까. 내가 눈물까지 흘리면서 웃고 있으니 친구는

"이미 충분히 향기가 많아" 하고 다시금 쐐기를 박았다.

냄새에 민감하고, 향기 나는 것을 좋아하지만 너무 과하지는 않으려고 매번 노력한다. 이게 무슨 말인가 하면, 머리끝부터 발끝까지 향으로 끼얹지 않으려 한다는 거다. 친구 말마따나 난 이미 향기가 너무 많으니까.

처음부터 의식했던 건 아니다. 샴푸는 향이 좋기로 유명한 러쉬의 대디오만 사용했고, 보디로션도 향이 좋은 제품만 사용했다. 거기다 핸드크림 바르지, 향수까지 뿌리다 보니 의식해서 향을 분별해 바르지 않으면 온몸이 향으로 중무장한 꼴이 되어 버리기 일쑤였다.

한번은 로라 메르시에의 보디로션을 바르고 택시에 탔는데, 기사님이 "오늘 무슨 좋은 일 있으신가 봐요" 하며 말을 걸었다. 외근 중이라고 했더니 이 기사님은 "그런데 향수를 너무 세게 뿌리셨다. 머리 아파 죽겠네" 하며 차창 네 개를 모두 열고 시원하게 질주하는 것 아닌가. 로라 메르시에의 로션 향이 진하기는 하지만 그 정도였나 싶었다. 이후로 나는 집에 있는 날에만 로라 메르시에의 로션을 바른다. 누군가에겐 이 로션 냄새가 과할 수도 있단 걸 알게 되어서다. 나 역시 진한 향수를 못 견디기에, 내가 누군가에게 그런 못 견딜 만한 사람이 되고 싶진 않다.

이런 적도 있었다. 필라테스 선생님이 자꾸만 나한테 불친절하게 구는 거다. 일대일 수업이었고, 내 딴엔 시키는 대로 열심히 하고 지각이나 스케줄 펑크도 없는 모범 회원이었는데도. 희한했다. '내가 싫은가?'라는 생각까지 했을 정도였으니. 대체로 나는 누가 날 싫어하건 말건 크게 신경 쓰지 않는 타입이지만, 이 선생님은 밑도 끝도 없이 싫은 티를 내서 그 이유가 궁금했다. 그러던 어느 날 궁금증이 풀렸다.

"그런데 회원님. 향수 뭐 써요? 혹시 샤넬 넘버 파이브인지 뭔지 그거예요?"

"아, 샤넬은 아니고요, 그냥 로션 바른 거예요."

"아, 샤넬 아니에요?"

"네, 아닌데요…."

그날 이후 나는 필라테스에 로션은 물론이거니와 핸드크림도 바르지 않고 갔다. 내가 무향의 사람이 되자 필라테스 선생님은 나를 우등생이라 부르며 동영상까지 찍어서 센터 SNS에 올릴 정도로 친근하게 대하기 시작했다. 어느 날에는 실은 자기가 일본 애니메이션을 좋아한다고 수줍게 취향을 고백하더니, 여름휴가로 일본 오사카에 가서 애니메이션 굿즈를 왕창 구경하고 올 거라고 아이처럼 들뜬 얼굴로 말했다. 일본은 처음이라 무척 떨린다고. 나는 그런 선생님이 귀엽기도 하고, 호흡법부터 꼼꼼하게 알려 주는 수업 방식도 좋아서 꽤 즐겁게 필라테스를 했다. 센터를 그만둘 때 그 선생님과 헤어지는 게 아쉬워 눈물이 찔끔 날 정도였다. 알게 모르게 정이 들었던 거다.

선생님이 왜 처음에는 나를 불편하게 여겼을까 생각해 본 적이 있다. 내가 느낀 눈치와 분위기로만 판단했을 때는, 선생님은 나를 샤넬 향수를 진하게 뿌리고 다니는 깍쟁이라고 생각했던 것 같다. 스몰토크보다 운동에만 집중하고 싶어 하는(실제로 그렇기도 하지만), 애니메이션 따위엔 관심도 없어 보이는 사람으로 말이다. 선생님께 차마 말하지 못했던 것이 있는데, 나는 고등학생 때 일본문화연구 동아리 기장이었다. 애니메이션보다 주로 음악 쪽이긴 했지만. 선생님에게 그저 내 첫인상이 안 좋았다거나, 그것도 아니면 그냥 내 로션 냄새가 싫어서 그런 걸 수도 있다. 이유야 어찌 됐든, 내가 로션을 바르지 않음으로써 선생님과 가까워질 수 있었던 건 명백한 사실이었다.

이런저런 경험이 쌓이며 향기에 신중하려 한다. 향이 짙은 보디로션을 바른 날엔 향수를 뿌리지 않는 것을 원칙으로 하고, 향이 짙은 핸드크림을 들고 나가는 날에는 묵직한 퍼퓸보다 가벼운 코오롱이나 오드투알레트를 뿌린다. 과한 사람이 되고 싶지 않다. 짙은 향기보다 은은한 내음으로 기억되고 싶다. 내가 머물렀던 자리에 코를 찌르는 향수 냄새가 남아 있는 건 좀 싫다. 나긋한 꽃향기가 살그머니 느껴지는 사람이고자 한다. 그래서 오늘도 무향의 보디로션을 열심히 바른다. 향수는 멀찍이서 한 번만 뿌린다. 과하지 않고 은근하게. 그런 사람이고 싶다.

홍 어 와

홍 콩 영 화

김 씨 집안의 막내였던 나는 아홉 살 때 대학생 언니 오빠들에 의해 거의 반강제로 홍어 냄새를 체험했다. 그날이 아직도 생생하다. 친가 어르신들은 큰고모 집에 모여 술과 예술을 즐기셨고, 김 씨 집안의 자손들은 근처 셋째 큰아빠네 집으로 가 우리끼리 예술을 즐겼다.

언니 오빠들은 거실 바닥에 홍어와 (아마도) 소주를 깔아 놓고 먹고 마셨다. 학교 화장실에서나 나던 냄새가 언니 오빠들에게서 났다. 맵고 싸하고 낯선 냄새가. 먹는 것에서 나는 것이라고는 믿기 힘든 냄새가 코를 사정없이 찔러 댔다. 심지어 그때 나는 축농증으로 병원까지 다니고 있었는데 눅진한 염증을 뚫고 찌릿한 홍어 냄새가 뇌까지 전해졌다. 저런 걸 먹었다간 골로 갈 것 같았다. 왜 이런 걸 먹고 앉아 있는 거야? 충격에 휩싸인 눈으로 쳐다보고 있으니 사촌 오빠가 "너도 먹어 볼래?" 하며 홍어 한 점을 건넸다. 희미하게 웃으면서.

그때 오빠의 등 뒤로 왕가위 감독의 〈중경삼림〉 비디오가 재생되고 있었다. 초등학교 저학년이 봐도 엄청나게 세련된 영화였다. 그 당시에는 '세련'이라는 단어도 몰랐지만, 그때 내가 감각한 건 정확히 '세련' 그 자체였다. 눈빛이 어마어마하게 근사한 남자 주인공(양조위)이 멋스럽게 화면을 가득 채웠고, 어마어마하게 잘생긴 또 다른 남자 주인공(금성무)이 주인 잃은 강아지 같은 표정을 하고 있었다. 알이 큰 선글라스를 낀 언니(임청하), 쇼트커트 로망을 심어 줬던 페이(왕페이). 푸르딩딩한 화면과 알 수 없는 외국말, 귀에 쏙 들어오는 음악까지. 뭐 하나 멋지지 않은 게 없었다. 〈중경삼림〉을 보기 전까진 손지창, 김민종, 우희진이 나오는 드라마 〈느낌〉이 세상에서 제일 멋진 줄 알았는데, 아니었다.

그런 〈중경삼림〉의 도시적이고 몽환적인 분위기에 이끌려 나는 사촌 오빠가 건넨 홍어를 꿀꺽 입에 넣었다. 홍어를 먹으면 나도 〈중경삼림〉에 나오는 배우들처럼 멋져질 것 같았다. 저 멋진 영화를 보는 언니 오빠처럼 될 것 같았다. 맨날 막냇동생 떨궈 놓고 당구장 가는 언니 오빠들처럼. 형용할 순 없는, 어떤 멋짐의 세계로 빠져들 수 있을 것 같았다.

홍어의 맛은, 맛이 아니라 그 냄새는, 전혀 멋지지 않았다. 이런 끔찍한 걸 아무렇지도 않게 씹어 삼키면서 껄껄깔깔 알아들을 수 없는 이야기를 하는 언니 오빠들이 대단해 보였다. 홍어를 입에 넣자마자 나는 거의 빼액 울기 직전의 표정을 지었고, 김 씨 집안 후손들은 껄껄 깔깔거리며 웃었다.

셋째 큰아빠네 집 거실에 둘러앉아 찌릿한 냄새를 맡으며 본 〈중경삼림〉은 내가 제목을 기억하는 최초의 영화다. 인생이 무엇인지, 영화가 무엇인지는커녕 구구단도 겨우 외울 때였지만 인생과 영화가 고약하지만 멋진 것, 아름답지만 외로운 어떤 것이라는 어렴풋한 감각만큼은 생생히 터득할 수 있었다. 그때 언니 오빠들이 떡볶이를 먹으며 〈마루치 아라치〉 같은 것을 보고 있었다면 전혀 다른 감상이 남았을 것이다. 〈타락천사〉, 〈금옥만당〉도 언니 오빠들과 봤던 것 같다. 비디오 속 쓸쓸하고도 정신없는 세상이 늘 궁금했다. 그렇게 홍어 냄새와 홍콩 영화들이 남긴 무언가가 내게 씨앗이 되어 나는 영화를 좋아하는 어린이가 되었고, 그 어린이는 커서 영화를 보고 글을 쓰는 직장인이 되었다.

십여 년 전 셋째 큰아빠의 유골과 함께 오랜만에 그 집을 찾았을 때, 나는 거실에 쪼그리고 앉아 홍어를 받아먹던 시절의 냄새를 느낄 수 있었다. 북적이며 함께 예술을 즐겼던 김 씨 집안 식구들. 먼저 떠나신 분들의 빈자리는 여전히 텅 빈 채 쓸쓸히 남아 있다. 더는 함께 모여 흥을 나눌 수 없다. 김 씨 집안 후손들은 사는 게 바빴고 살아남기에 고달팠다.

깔깔 모여 홍어에 소주에 홍콩 영화를 즐기던 김 씨 언니 오빠들, 덕분에 나는 이렇게 글을 쓰며 지내고 있어. 아홉 살 꼬마에게 큰 세상을 알려 줘 고마웠어. 그런데 나 홍어 아직도 못 먹는다? 역시 멋짐의 세계는 손에 쉽게 쥘 수 있는 게 아닌가 봐. 그때 언니 오빠들 참 멋있었는데. 북적이던 그때가 그리워. 참 많이.

쥐 포

지하철과 거리 어귀에서 늘 우리의 발걸음을 멈춰 세우고 지갑을 열게 하는 냄새 깡패들. 냄새 깡패의 대표 주자로는 델리만주가 있지만, 내가 가장 무서워하는 깡패는 쥐포다. 델리만주는 맛이 냄새를 따라잡지 못한다. 냄새에 홀려 한 봉지를 사 들뜬 마음으로 한입 베어 물고 나면 늘 2% 부족한 맛에 실망한다. 달콤한 크림, 고소한 버터 향기에 밍밍한 밀가루를 뿌린 맛이랄까. 하지만 쥐포만큼은 맛과 냄새가 정확히 일치한다. 배신이라고는 모르는 쥐포다. 짭조름하고 달콤한 냄새가 사정없이 콧구멍을 들쑤시고 침샘 유조선을 폭발시킨다. 쥐포를 한입 크기로 찢어 질겅질겅 씹으면, 방금 전 맡은 바로 그 냄새가 식도를 타고 내려간다. 냄새보다 덜하지도, 더하지도 않은 딱 본연의 맛에 한껏 행복해진다. 아는 맛이 무섭다고 했던가. 실망시키지 않는 냄새 깡패 쥐포가 무서운 이유다.

그리고 실은, 내겐 쥐포 냄새가 델리만주보다 무서운 이유가 한 가지 더 있다. 냄새 깡패 쥐포한테 진짜 돈을 뜯겨 본 일이 있기 때문이다. 일이 만원도 아니고 몇백만 원을. 무려 곗돈을.

사건은 1996년으로 거슬러 올라간다. 그때 나는 을지로 백병원 단골손님이었다. 축농증, 중이염, 폐렴, 편도선염, 뭐 이런 잔병치레들로 백병원을 한 달에 한 번씩 찾았다. 지금이야 을지로니 명동이니 집 앞 드나들듯 왔다 갔다 하지만, 열 살짜리에겐 멀고 먼 여정이었다. 봉천동에서 155-2번 버스를 타고 무려 한강까지 건너야 하는 먼 동네가 을지로였다. 게다가 버스 냄새에 민감해 차멀미를 심하게 했던 나는 늘 비상용 검은 봉지를 손에 쥐고 버스

맨 앞자리에 탔다. "수정아, 토할 것 같으면 참지 말고 여기다 토해. 알았지?" 버스정류장에서 엄마가 매번 신신당부했던 말이다. 내가 진짜 검은 봉지에 토를 했는지, 안 했는지는 기억나지 않지만 느글느글한 버스 기름 냄새와 버스 손잡이의 비린 쇠 냄새만큼은 생생하게 떠오른다. 병원보다 차 냄새가 더 무서울 정도였으니. 중학생 때까지도 키미테를 붙여야 겨우 버스를 탈 수 있었다. 요즘도 냄새가 심한 차를 타면 차멀미를 한다. 그렇다고 검은 봉지를 귀에 걸고 탄다거나 키미테를 붙이진 않지만.

병원 냄새는 그때나 지금이나 싫다. 쿰쿰한 병실의 냄새는 마음을 한없이 가라앉히고, 매운 소독약 냄새는 마음을 쪼그라들게 만든다. 차 냄새, 병원 냄새라는 쉽지 않은 여정을 달래고 귀갓길 멀미를 그나마 버티게 하는 건 다름 아닌 쥐포 냄새였다. 백병원 앞에는 중앙시네마가 있었고, 극장 앞에서는 쥐포, 은행 구이 같은 걸 팔았다. 나는 그 달큰 고소한 냄새를 맡으며 쥐포의 맛을 상상했다. 그러면서도 한 번도 엄마에게 사 달란 말은 못 했다. 어느 날엔가 엄마가 대구 이모한테 전화를 걸어 내가 편도선 수술을 해야 한다며, 크게 우는 걸 보았다. 종일 혼자 집에 있는 애가 아프다고 말도 하지 못한 게 속상하고 미안하다면서. 나의 병원행 때문에 고생스러울 엄마한테 쥐포까지 사 달란 말을 할 수 없었다. 늘 냄새와 함께 군침을 삼키며 꾸역꾸역 155-2번 버스를 탔다.

그런데 그날은 일이 꼬이려고 했는지, 도저히 쥐포 냄새를 참을 수 없었다. 아직도 기억난다. 중앙시네마에는 영화 〈제인 에어〉 포스터가 크게 붙어 있었고, 쥐포 냄새가 사방 주책맞게 퍼졌고, 나는 엄마에게 "엄마, 나 쥐포 하나만 먹어도 돼?"라고 조심스럽게 물었다. 때마침 버스가 정류장 앞에 도착하는 바람에 엄마는 정신없이 쥐포 사장님에게 돈을 건네고 내 손을 잡고 황급히 버스에 올라탔다.

버스 앞자리에 앉아 검게 그을린 쥐포 끝을 야금야금 뜯어 먹었다. 단데, 짜고, 짠데, 달았다. 병원에 다니는 내내 냄새를 맡으며 상상한 바로 그 맛이었다. 냄새로만 느끼던 것을 혀로 느꼈던 그때의 그 기분은 20여 년이 지난 지금까지도 어제 일처럼 선명하다. 매번 울렁거리는 속을 달래며 겨우 탔던 버스였지만 그날만큼은 신기하게도 멀미를 안 했다. 쥐포의 짭조름한 맛 덕분이었다. '남은 쥐포는 집에 가서 먹어야지.' 집에 가서 먹을 쥐포 생각에 싱글벙글하며 엄마의 손을 잡고 집으로 왔다.

그런데, 엄마가 병원 앞 은행에서 찾은 곗돈이 사라진
거다. 곗돈을 넣은 손지갑이 없어졌다. 엄마는 기억을 더
듬어 보더니 쥐포를 사기 직전까진 지갑을 품에 잘 끼고
있었다고 했다. 버스 놓칠세라, 쥐포 사랴, 정신없는 와중
에 바닥에 떨어트렸는지 소매치기가 훔쳐 갔는지 모를 일
이었다. 어쨌든 중요한 건 엄마의 소중한 곗돈이 한순간
에 없어졌다는 사실이었다. 나는 곗돈이 뭔지는 잘 몰라
도, 엄마가 안 먹고, 안 쓰고, 악착같이 모은 돈이라는 것
만은 알 것 같았다. 나는 미안함에 어찌할 바를 모른 채 구
석에서 무릎을 껴안고 엄마의 눈치를 살폈다. 엄마는 그
런 나를 껴안으면서 울었다.

"괜찮아, 괜찮아. 안 아프면 됐어. 병원 다니는 우리 딸
내미가 고생이지."

저녁밥을 먹는 둥 마는 둥 심란한 속으로 TV를 보고 있
는데 집 전화가 울렸다. 경찰서였다. 엄마의 지갑을 보관
하고 있으니 찾아가라는 거였다. 경찰서에 다녀온 엄마는
한껏 상기된 얼굴로 나를 껴안았다. 웬 총각이 지갑을 주
워서 우리 집 주소지의 경찰서까지 가져다줬단다. 지갑에
있던 곗돈도 그대로였다. 엄마는 요즘에도 이런 젊은이가
다 있냐면서 이모에게 전화를 걸었다. 나는 그제야 남은

쥐포를 신나게 질겅질겅 씹어 먹을 수 있었다.

그날의 기억 덕분일지, 나는 중앙시네마를 오랜 시간 애정했다. 영화제 자원봉사를 할 때면 중앙시네마를 자진해서 담당했고, 마음이 어수선한 날이면 중앙시네마에 들러 조용하고 아름다운 영화들을 보았다. 더는 쥐포 트럭도, 155-2번 버스 노선도 없지만 그냥 그 장소만으로도 좋았다. 그곳에 가면 있지도 않은 쥐포 냄새가 느껴졌다. 그래서 중앙시네마가 없어졌을 때 정말 많이 슬퍼했다. 피맛골이 사라졌을 때 어르신들의 심정이 이랬을까 싶었다. 을지로 백병원마저 엄청난 규모의 신관을 지어 그곳에 가도 더는 옛날의 분위기를 느낄 수 없다.

어쩌다 거리에서 마주치는 쥐포 냄새에서 나는 중앙시네마와 백병원과 엄마와 함께 탔던 멀미 나는 버스를 떠올린다. 쥐포를 사 달라고 했던 어린 나와 젊었던 엄마. 쥐포를 사 들고 극장에 갈 수 있었던 시절과 돈뭉치가 든 지갑을 주워 경찰서에 가져다주는 맘씨 고운 총각의 마음. 이 모든 게 가끔 생각난다.

봉 천 역

대 천 서 점

맞벌이 부부의 외동딸에게는 책만 한 장난감이 없었다. 책에 파묻혀 글자들을 따라가다 보면 시간은 훌쩍 흘러 어느샌가 엄마 아빠의 퇴근 시간이 됐다. 유치원에 들어가기 전에는 사촌오빠에게 물려받은 전집이 내 책의 전부였다. 우주가 어떻게 생겼고 바다 건너 다른 나라에는 어떤 것들이 있는지, 세상엔 어찌나 이렇게 재미난 비밀들이 많은지, 읽어도 읽어도 재밌었다. 엄마가 유치원 입학

선물로 구운몽, 삼국사기, 이순신, 헬렌 켈러, 온갖 종류의 책을 다 모아 놓은 전집을 사 주었을 땐 세상을 다 가진 듯 행복했다. 이 책들을 언제쯤 다 읽을 수 있을까. 저 책을 다 읽으면 또 얼마큼 많은 비밀을 알게 되는 걸까. 생각만 해도 배가 간질간질 기분이 좋았다.

손에 쏙 들어오는 책에 가늠할 수 없이 넓은 세상의 이야기가 담겨 있다는 게 신기했다. 책으로 처음 접하는 단어에는 내가 모르는 세상이 숨어 있었다. 이를테면 책에서 '교외 지역'이라는 단어를 처음 발견했을 때의 기쁨을 아직 기억한다. '동네 밖 저 먼 곳 교외 지역엔 노란 머리 친구가 살고 있겠지.' 그런 생각을 했었다. 책장을 넘길 때 코끝에 닿는 파삭파삭한 책 냄새도 좋았다. 책의 종류에 따라 냄새가 달랐다. 양장본은 냄새도, 촉감도 매끈했다. 재생지로 만든 책에서는 오래된 종이 냄새가 났고, 올컬러 책에서는 사인펜 냄새가 느껴졌다. 책마다 냄새가 다르다는 건, 책을 대하는 나의 마음도 달라진다는 뜻이었다. 재생지는 정답고 친근했다. 양장본과 올컬러 책들은 어딘가 모르게 거리감이 느껴졌다.

초등학교에 들어가고 나서는 용돈으로 책을 사 모았다. 내가 살던 봉천동에는 대천서점이라는 제법 큰 규모의 동네 서점이 있었다. 오늘은 무슨 책을 골라 볼까. 계단을 따라 지하에 있는 대천서점으로 내려갈 때면 입구부터 몰려오는 책 냄새에 가슴이 마구 뛰었다.

종류를 가리지 않고 읽었다. 초등학교 저학년 때는 『나의 비밀 일기』 시리즈, 『만화일기』 시리즈를 특히 좋아했다. 『만화일기』 시리즈 중에서는 뚱딴지와 따옥이를 제일 아껴 읽었다. 고학년 때는 『먼나라 이웃나라』 시리즈, 『패션이 팔랑팔랑』, 『건축이 건들건들』 등 주니어김영사에서 나온 '앗! 시리즈'를 즐겨 읽었다. 적고 보니 유독 시리즈를 좋아했었네. 시리즈 책을 즐겨 읽던 초등학생이 커서 에세이 시리즈를 쓰는 작가가 되다니. 감회가 새롭다.

그 무렵 읽었던 책 가운데 아직도 내용이 잊히지 않는 책들도 있다. 양귀자 작가가 쓴 『누리야 누리야 뭐하니』(개정판부터 『누리야 누리야』라는 제목으로 바뀌었다)와 필리퍼 피어스Philippa Pearce의 『한밤중 톰의 정원에서』는 지금 읽어도 재밌다. 『누리야 누리야 뭐하니』는 읽다가 너무 많이 울어 다음 날 눈이 띵띵 부은 채로 학교에 갔다. 어느 날 사라진 엄마를 찾기 위해 홀로 상경한 아홉 살 누리가 겪는 모진 세상을 담담한 듯 따뜻하게 그린 책이다. 그때는 양귀자 작가가 동화 작가인 줄로만 알았는데, 훗날 『모

순』, 『희망』을 읽으며 그때 그 양귀자 작가가 이 양귀자 작가라는 걸 알게 되곤 혼자 소름 끼쳤던 기억도 있다. 『한밤중 톰의 정원에서』를 읽으면서는 소설적 이야기란 무엇인지, 독자를 사로잡는 이야기란 무엇인지 알게 됐다. 그만큼 정말 재밌는 책이다. 다음 날 학교 갈 걱정에 졸린 눈을 비벼 가며 빠져들어 읽었다.

이 모든 책을 봉천역 대천서점에서 샀다. 그때 내가 책을 고르는 방법은 단 한 가지였는데, 서점에 몇 시간이고 앉아 재밌어 보이는 책을 꺼내 무작정 읽어 내려가는 것이었다. 그러다가 '이 이야기는 집에 가져가야겠어' 하는 것들을 샀다. 얼핏 재미없어 보이던 책도 시간을 두고 찬찬히 읽다 보면 나름의 재밌는 구석을 발견할 수 있었다. 예를 들면 앙드레 지드의 『좁은 문』은 제목부터 상징적이고 지루해 보였는데, 바닥에 쭈그리고 앉아 찬찬히 책장을 넘기다 보니 슬슬 다음 장이 궁금해지고, 또 그다음 장이 궁금해지는 게 아닌가. 이게 다 대천서점의 자유로운 영업 방식 덕분이었다고 생각한다. 사장 아저씨가 슬그머니 내게 와서 눈치를 줬다거나 읽을 만한 책을 권했다면 나는 그렇게 평화롭게 앉아 책을 고르지 못했을 거다.

고등학생 때까지도 대천서점의 단골이었다. 대입 준비

때문에 예전처럼 많은 책을 읽진 못했지만, 동네에 언제든 마음 편히 책을 고를 수 있는 서점이 있다는 건 꽤 든든한 기분이었다. 그땐 주로 문학 코너를 서성거렸다. 먼지 쌓인 냄새와 오래된 종이 냄새를 담요 덥듯 교복 위에 올려놓고 한 권 한 권 느릿느릿 탐색했다. 그러다 발견한 책이 『상실의 시대』였다. 주인공들은 하나같이 이상하고 위태로워 보였지만 그 마음을 알 것도 같았다. 대학교에 가면 내 삶도 이렇게 위험해질까. 금서라도 되는 것처럼 야간 자율학습 시간에 야금야금 읽었다. 그 시절 담배를 피우는 아이들의 문제집에서는 담배 냄새가 옅게 났는데, 『상실의 시대』 책장을 넘길 때면 피우지도 않는 담배 냄새가 났었다. 흡연자가 대천서점에서 이 책을 오래 쥐고 읽다 갔을까. 어린 마음에 책에 묻은 담배 냄새가 싫지만은 않았다. 하루키의 야한 문장들과 담배 냄새는 어딘가 잘 어울렸다.

대학에 들어가고 활동 범위가 동네에서 도심으로 넓어지면서 봉천역 대천서점은 점점 잊혔다. 오래된 책 냄새보다 교보문고의 향긋한 향기에 익숙해졌다. 내게 동네 서점은 이제 대천서점이 아니라 에코백과 귀여운 엽서,

독립출판물을 파는 아기자기한 이미지로 바뀌었다. 고딕체로 쓰인 투박한 간판과 세상 모든 종류의 책을 파는 곳이 아닌.

어릴 적 살던 동네 위에는 아파트 단지가 들어섰다. 내가 뛰어놀던 골목길과 놀이터, 살던 집은 모두 부서지고 없어졌지만 봉천역 대천서점만큼은 아직 남아 있다. 아직 바스러지지 않은 유년 시절의 유일한 추억이다. 실은 『냄새들』을 쓰기로 했을 때 가장 먼저 코끝에 감돈 냄새는 대천서점의 책 냄새였다. 나를 키우고 달래 주고 보듬어 줬던 책들을 만났던 곳. 글을 쓰는 내내 몇 번인가를 가 볼까 했지만 선뜻 발걸음이 떨어지질 않았다. 집에서 멀지도 않은데 왜 그런 걸까. 그곳이 너무도 많이 변했을까 두려워서? 아니다. 오히려 20년 전 그 시절과 크게 다르지 않을 것을 알기에 겁이 난다. 책장 앞에 쭈그리고 앉아 혼자 책을 읽던 내 모습이 생생하게 떠오를까 봐. 외로웠던 유년 시절의 기억이 바로 어제 일처럼 느껴질까 봐. 그 마음이 글을 쓰는 손길에 무겁게 들러붙을까 봐 아직 대천서점에 가질 못했다.

『냄새들』이 세상에 나오면 몇 권 들고 대천서점에 가 볼까 한다. 나를 키워 준 책 냄새들을 다시 한번 맡아 볼까

한다. 아마 조금은 울지 않을까 싶은데. 나를 모르는 사장님이 당황하실 것을 생각하면 벌써 죄송스럽다. 그래도 꼭 가 봐야지. 더 늦기 전에 말이다.

포근하지만

슬픈

코를 파묻고 오래도록 맡고 싶은 아끼는 냄새들이 있다. 냄새를 맡는 것만으로도 배가 간질간질하고, 목울대가 따끔따끔 뜨거워지는. 냄새를 동그랗게 말아 주머니 안쪽에 소중하게 넣고 언제든 꺼내 맡고 싶은 냄새들. 언젠가 내가 이 냄새들 때문에 눈물 흘릴 걸 알면서도 자꾸만 맡게 되는 그런 냄새들.

1

엄마 냄새. 내게서 엄마 냄새를 맡은 건 결혼하고 얼마 후였다. 핸드크림 향밖에 나질 않던 내 손에서 마늘 냄새가 나기 시작한 것이다. 마치 봉숭아물을 들인 듯, 손톱 안쪽까지 구석구석 마늘 냄새가 물들었다. 늘 엄마의 손에서 나던 냄새였다. 내 얼굴을 쓰다듬을 때, 간 좀 봐 보라며 밑반찬을 맨손으로 입에 넣어 줄 때 옅게 스치던 냄새였다. 처음엔 마늘 냄새가 낯설어 손세정제도 열심히 써 보고, 냄새 제거에 좋다는 스테인리스 비누라는 것도 사 보았지만 소용없었다. 그런데 그렇게나 낯설던 마늘 냄새가 어느 날부터 그리움으로 바뀌었다. 잠들기 전 손끝을 코에 가만히 대고 있으면 고단한 하루를 마치고 곤히 자고 있을 엄마가 보고 싶었다. 결혼을 괜히 했나. 엄마랑 더 붙어 살 걸 그랬나. 이런 철없는 생각들이 베개를 적실 때면 손끝의 냄새를 맡았다.

야들하고 말랑한 내 손과 달리 엄마의 손은 거칠고 두툼하다. 가족을 지탱하기 위해 버텨 온 시간들이 두꺼운 굳은살이 되어 엄마의 손에 붙어 있다. 그 두툼한 손에서는 마늘 냄새뿐만 아니라 구수한 향기도 함께 느껴진다. 따뜻한 밥 냄새, 아삭한 김치 냄새 같은 것들이 한데 섞여 푸짐한 한 상 같은 냄새가 피어오른다.

어느 날엔가 식탁 위에 올라온 모든 음식이 엄마의 손으로 만들어졌단 사실을 깨닫곤 울적해졌다. 엄마가 해 준 김치, 엄마가 만들어 준 멸치볶음, 엄마가 해 준 돈가스, 엄마가 구워 준 김, 엄마가 담가 준 간장. 어제는 엄마가 다져 준 마늘을 한통 받아 왔다. 언제까지 엄마의 손으로 만든 음식들을 먹을 수 있을까. 언제까지 엄마의 손 냄새를 맡을 수 있을까. 이런 생각을 하면 코끝이 매워진다.

2

노란색 장판 냄새를 기억한다. 고소한 비닐 냄새. 장판에 엎드려 문제집을 풀고, 책을 읽던 시절을 떠올려 본다. 나는 밥상의 반찬 냄새가 책에 묻는 게 싫어 늘 바닥에 엎드려 공부했다. 해가 노릇노릇 지는 오후에는 장판 냄새가 더욱 짙어졌다. 노을과 함께 장판 냄새가 적당히 익어 가면 엄마가 일터에서 돌아왔다. 단칸방은 집이라는 공간을 더욱 생생히 실감하게 한다. 이 작은 공간에 우리가 살고 있구나, 이곳이 우리의 집이구나 하는. 신발을 벗자마자 방이 되는 집. 방이 곧 부엌이고, 방이 곧 거실인 단칸방은 장판 냄새가 유독 진하다. 그걸 알아챈 건 단칸방을 벗어나 처음 책상과 침대를 갖게 된 초등학교 4학년 때다. 책상이 생기자 세상을 다 얻은 듯 행복했지만 중요한 무언가가 빠진 듯했다. 더는 눈높이 수학을 풀어도 장판 냄새가 안 났다. 내 옷에 묻어나던 장판 냄새가 흔적도 없이 사라졌다. 책상과 침대는 장판과 나 사이의 거리를 한없이 떨어뜨려 놨다. 나는 책상을 두고 굳이 바닥에 내려와 공부하곤 했다. 하지만 반지하 집의 장판 냄새는 또 달랐다. 어렴풋이 이끼 냄새가 났다. 그때 나는 처음으로 작은 단칸방을 벗어난 것이 아쉬웠다.

3

까미는 나 못지않게 장판을 좋아했다. 볕이 잘 드는 곳으로 가 배를 쭉 깔고 누워 있는 게 취미였다. 어떤 날엔 양발을 앞으로 내밀어 그 사이에 턱을 괴었고, 어떤 날은 모로 누워 코를 드렁드렁 골았다. 실컷 자다가 볕이 이동하면 볕이 옮아간 자리로 가 털썩 누워 다시 잠을 청했다. 까미가 누워 있던 자리에서는 귀엽고 구수한 꼬순내가 났다. 참기름에 구운 빵 냄새. 나는 장판에 새겨진 까미의 꼬순내를 열심히 코에 묻혔다. 그러곤 세상모르고 자는 까미의 앞발을 살짝 들어 내 코앞에 갖다 댔다. 강아지 발에서는 왜 이리 귀여운 냄새가 나는 걸까. 강아지는 어쩜 발 냄새도 이리도 사랑스러운 걸까. 마음이 몽글몽글한 행복으로 따뜻해졌다. 그러거나 말거나 까미는 앙칼지게 으르렁거리며 제 앞발을 내 손에서 세차게 빼냈다. 나는 그 모습이 또 귀여워 다른 쪽 앞발 냄새를 맡았다. 앙칼진 요크셔테리어는 이빨을 드러내며 옆으로 자리를 옮겼다. 나는 까미의 곁에 바짝 붙어 이 순간이 영원하길 바랐다. 이 냄새를 영원토록 맡길 바랐다.

까미는 몇 년간 아픈 강아지의 냄새를 풍기다 무지개다리를 건넜다. 가끔 친정집 장판에 누워 까미의 꼬순내 흔적을 찾으려 애쓴다. 볕이 쏟아지는 자리에 나도 덩달아 누워 본다. 여기에 까미가 누워 있었지. 눈물을 장판에 뚝뚝 떨어트리고 있으면, 까미 동생 1호 포리와 2호 만두가 쫄쫄거리며 따라 눕는다. 뜨끈한 강아지 두 마리에게 둘러싸여 까미를 추억한다. 포리와 만두의 앞발을 코에 갖다 대며 킁킁댄다. 언제고 까미처럼 추억하게 될 포리와 만두의 꼬순내. 나는 이 순간이 영원하길 바란다. 그렇지 못할 것을 알면서도 다시 한번 바라 본다.

친정집

비누

어느 날엔가 친정집 화장실에 들어서는데 익숙한 냄새가
느껴졌다. 그건, 시골 외할머니네 화장실 냄새였다. 드봉
비누, 빨랫비누, 한방 샴푸 냄새를 오랫동안 머금은 타일
냄새.

결혼 전 본가 화장실은 내가 사다 놓은 프랑스제 보디
로션, 샤워 젤, 스크럽, 미스트, 샴푸 같은 것들로 가득했
다. 드봉이니 빨랫비누니 한방 샴푸니 하는 것들이 존재

감을 드러낼 엄두도 못 냈다. 의아한 것은 결혼하면서 내가 쓰던 것들을 모두 두고 왔는데 왜 지금은 싸구려 비누 냄새만 나냐는 것이다. 화장실에 처량하게 놓인 내 물건들을 만지작거리고 있자 엄마가 기다렸다는 듯이 물음표를 던졌다.

"애, 그거 대체 다 어디다 쓰는 거니? 엄마는 야 쓰고 싶어도 도대체 어디에 쓰는 건지 알아야지 쓰지."

그제야 궁금증이 풀렸다. 내가 결혼한 뒤로 이 제품들의 뚜껑이 단 한 번도 열리지 않았던 거다. 향수병이 있어도 그걸 뿌려야 향기가 나는 것이지. 몇 달 동안 입을 꾹 닫고 있던 프랑스 물비누는 드봉 비누에 주도권을 넘겼다. 나는 오래되어 버릴 것은 버리고, 이건 몸에 바르는 거고 이건 씻을 때 쓰는 거고 이건 뿌리는 거야 같은 것을 엄마에게 차근히 알려 줬다. 그 이후로도 친정집 화장실에서는 드봉 비누 냄새만 나는 것을 보아하니 엄마는 내 물건들을 여태 안 쓰고 있는 듯하다.

가끔은 내가 너무 호화롭게 지내고 있는 것은 아닌가 죄책감이 들 때가 있다. 넓은 집도 아니고, 쇼핑을 즐겨 하는 것도 아니고, 외식을 자주 하는 것도 아니지만 엄마의 신혼을 떠올려 보면 이건 분명 호화로운 생활이다. 이래도 될까 싶은 마음이 들면 엄마에게 미안해진다. 나는 사고 싶은 몇만 원짜리 핸드크림도 턱턱 사고, 해외 쇼핑몰에서 샤워 젤도 맘껏 사고, 향기로운 비누도 사고, 샴푸도 2+1 말고 한 개를 사도 좋은 걸로 산다. 엄마는 가끔 나와 통화를 할 때 엄마가 여유 있게 못 도와줘 미안하다고, 반찬 찌끄러기나 해 줘 미안하다고 펑펑 운다. "엄마, 퇴근길이잖아. 사람들이 쳐다봐. 울지 마. 엄마가 뭘 못 도와줘. 우리 결혼할 때 보태 줬잖아. 그리고 반찬 찌끄러기라니. 그게 얼마나 품과 돈이 많이 드는데. 쌀도 사 줘, 채소도 사 줘, 우리가 먹는 것 다 엄마가 사 준 거야. 그게 얼마나 큰 도움인데." 익숙한 "환승입니다" 목소리가 내 말을 가로챈다. "어 알았어, 수정아. 엄마 마을버스 탔어. 수고해." 그러곤 갑자기 전화를 끊는 엄마.

엄마와 이런 통화를 하고 나면 엄마의 마음과는 반대로 우리 집에 놓인 호화로운 것들만 눈에 띈다. 엄마가 누리지 못한 것들만 보여 미안해진다. 그래도 난 드봉 비누 말고 좋은 비누를 쓰고 싶은데. 우리 신혼집 화장실 냄새가 친정집 냄새보다 좋은데. 나는 이걸 누리고 싶은데. 냄새에서 나의 철없음이 느껴진다. 나도 엄마가 되면 철이 좀

들려나. 그냥, 친정집 화장실에만 가면 미안해진다. 그냥,
엄마에겐 늘 미안할 뿐이다.

주 말

늦 잠

오늘 아침에도 그랬다. 고소한 밥 냄새, 얼큰한 찌개 냄새, 다진 마늘 냄새, 멸치 볶는 냄새. "김수정 일어나. 밥 다 차렸어." 엄마 목소리다. "엄마, 나 10분만." … 잠깐. 뭔가 이상해 눈을 비벼 보면 아무 냄새도 없다. 옆에선 남편이 코를 골며 세상모르고 자고 있다. 미세한 환후 현상은 피곤한 한 주를 보낸 주말이면 여지없이 찾아온다. 주말 느지막이 눈을 떴을 때 그 어떤 냄새도 없다는 게 아직도 낯설다. 엄마가 만들어 주던 따뜻한 냄새를 이제는 내가 만들어야 한다. 가끔 남편이 먼저 일어나 빵을 굽고 커피를 내리곤 하지만 엄마의 찌개 냄새, 밥 냄새가 주는 푸근함과는 조금은 다른 다정함이다. 아침에 밥보다 빵 먹기를 좋아하면서도 늦잠을 잔 주말이면 꼭 엄마의 찌개 한 상이 먹고 싶어진다.

엄마가 지은 밥 냄새가 온 집안을 채우는 동안, 강아지들과 함께 이불에 몸을 파묻고 섬유유연제 냄새 맡기를 좋아했다. 게으름이 용인되는 잠깐의 안락함이 더없이 행복했다. 뽀얀 이불 냄새와 구수한 밥 냄새, 강아지 꼬순내가 내 방을 살랑살랑 돌아다니는 걸 느끼면서 주말 늦잠의 여유를 즐겼다. 신혼집에 들어오고 첫 겨울, 겨울 잠옷을 꺼냈더니 친정집 이불 냄새가 났다. 코를 파묻고 킁킁댔다. 엄마가 쓰는 섬유유연제 냄새. 신혼집에서 쓰는 섬유유연제보다 또렷하고 진한 향기. 옷에서 주말 늦잠의 여유가 맡아졌다. 그 향기를 놓치기 아쉬워 한동안 입지 못했다.

결혼하고 처음으로 친정에서 하룻밤 잤던 날 아침, 보글보글 찌개 소리와 청국장 냄새에 눈꺼풀이 저도 모르게 올라갔다. 내가 잠에서 깬 걸 어찌 알았는지 강아지 두 마리가 타닥타닥 발소리를 내며 이불 속에 굴을 파고 들어왔다. 강아지 꼬순내, 엄마의 밥 냄새, 이불 냄새를 맡으며 내가 누군가의 아내가 아닌 엄마의 딸이라는 걸 만끽하며 게으름을 피웠다. 결혼 전 여느 주말처럼.

엄마는 오늘 어떤 하루를 보냈을까.

'친구가 산나물 가져와서 아빠하고 맛있게 먹었네.'

엄마의 메시지에서 향기로운 봄 냄새가 났다. 행복한 밥 냄새가 났다. 엄마의 향긋한 밥 냄새, 조물조물 들기름으로 고소하게 무친 산나물 냄새. 그걸 먹으며 미소 지었을 엄마와 아빠의 얼굴이 떠올라 나 또한 행복해졌다.

머 리 냄 새

타고나길 후각에 예민한 것도 있지만, 대체 언제부터 이렇게 냄새를 더듬거리고, 냄새에 촘촘히 반응하며 살게 된 걸까. 기억을 거슬러 올라가면 그곳엔 엄마가 있다.

좁은 집이 떠오른다. 그곳의 두 칸짜리 싱크대에서 엄마는 밥을 지었고, 우리 가족은 그 바로 옆의 수도꼭지 밑에 세숫대야를 놓고 욕실처럼 사용했다. 한 칸짜리 계단을 올라가면 한 칸짜리 방이 있고, 다섯 칸짜리 계단을 올라가면 다락방이 있는 집이었다. 유치원에 막 들어갔을 무렵이었다. 그 좁디좁은 현관 겸 부엌 겸 욕실에서 엄마는 홀딱 벗은 내 등과 목덜미를 초록색 타월로 벅벅 밀었다. 그리고 열 손가락을 모두 사용해 내 정수리를 시원하게 감겨 줬다.

"수정아. 너는 땀이 많으니까 머리를 더 꼼꼼히 닦아야 해. 이렇게 엄마가 하는 것처럼 여기를 벅벅. 알겠지? 안 그러면 냄새가 나. 알겠지?"

엄마는 여러 번 강조하며 말했다. 나는 그때 처음 알았다. 나에게도 냄새라는 것이 존재한다는 걸. 그전까지 내가 알고 있는 사람 냄새는 엄마의 손 냄새, 할머니의 담배 냄새, 유치원 선생님의 화장품 냄새가 전부였다. 어른들한테서만 냄새가 나는 줄 알았다. 혼자서 동네 밖까지 나갈 수 있는 어른, 밥상을 차릴 수 있는 어른, 얼굴에 예쁜 색을 칠하는 어른이나 냄새를 가질 수 있다고 생각했다. 그런데 나도 냄새가 있다고? 마치 제 손의 존재를 처음 알아챈 갓난쟁이처럼 나는 눈을 둥그렇게 뜨고 엄마를 쳐다봤다. 그리고 다짐했다. 머리를 더 오래 감아야지. 엄마가 알려 준 대로. 그렇지 않으면 좋지 않은 냄새가 날 수도 있으니까. 그때 내 마음은 왠지 조금은 신이 나 있었다. 새로운 것을 알게 되었다는 순수한 기쁨이었으리라.

그날 이후 나는 내 냄새를 맡기 시작했다. 철봉 놀이를 한 날엔 손에서 동전 냄새가 났고, 놀이터에서 흙장난을 친 오후에는 텁텁한 냄새가 잠들기 전까지 코끝을 맴돌았다. 유치원에서 달걀국을 먹은 날엔 밥상 냄새가 머리카락에 묻어났다. 내 냄새를 맡는 만큼 나라는 사람의 존재를 느낄 수 있었다. 자의식이라는 것이 내게 싹을 틔운 것도 그즈음이다. 그땐 그게 자의식이라는 것을 몰랐지만, 내가 여기에 이런 냄새를 묻히고 존재하는구나, 나라는 사람이 있구나, 나의 냄새가 누군가에게 닿을 수 있구나 느낄수록 세상에서 나의 자리가 넓어지는 기분이었다.

머리를 꼼꼼히 감으라는 말의 출처를 눈치챈 건 몇 년 뒤 초등학교에 입학하고 나서였다. 건너편에 사는 동갑내기 여자아이와 단짝이었다. 친구의 집은 이층 양옥집이었고, 마당에는 맨들맨들한 자갈이 깔려 있었다. 그리고 그 자갈 위로 커다란 돌다리가 띄엄띄엄 있었다. 친구와 나는 대문에서 현관문까지 그 돌다리를 총총 밟으며 뛰길 좋아했다. 우리는 내가 갖고 간 전집이나, 친구네 집에 있던 책을 나눠 읽으며 놀았다.

그러던 어느 날, 친구가 아빠가 해외 출장길에 사 온 것이라며 종이비누를 선물로 줬다. 새초롬한 꽃향기가 황홀했다. 생전 처음 맡아 보는 유형의 향이었다. 그러면서 친구는 울먹이며 말했다. 마치 오래 속앓이하던 고민을 털어놓는 것처럼 조심스럽게.

"있잖아, 있잖아. 할머니가, 할머니가. 너한테서 냄새 난다고 놀지 말래."

친구의 할머니는 우리가 사는 다세대 주택의 집주인으로 내가 이층집 할머니라 부르던 분이었다. 나는 그 할머니를 단 한 번도 가까이서 뵌 적이 없었다. 그러니 나에게서 냄새가 난다는 건 핑계였고, 연탄을 때는 단칸방에 사는 아이와는 놀지 말라는 뜻이었을 거다. 고작 여덟 살이었지만 나도, 친구도 그 말의 뜻을 어렴풋하게나마 알 수 있었다. 그 말이 엄마의 귀에 들어가지 않았을 리 없다. 그제야 엄마가 유난히도 힘주며 했던 말, 친구가 한 번도 우리 집에 놀러 오지 않았던 이유를 알게 되었다. 나는 그날 일을 엄마에게 말하지 않았고, 더는 친구의 집에 가지도 않았다. 종이비누는 친구가 내게 건넨 이별 선물이었다. 나는 그 비누를 아주 오랫동안 아끼고 있다가 단칸방을 떠날 때까지 단 한 장도 쓰지 못하고 이사 가는 길에 잃어

버렸다. 향수니 화장품이니 하는 걸 좋아하게 된 후로 그때 종이비누 향기를 열심히 찾고 있지만, 아직 딱 떨어지는 것은 찾지 못했다. 기억에만 겨우 남아 있다.

이층집 할머니의 말은 다행히도 내게 상처가 되지 않았다. 그런 못된 말에 작아지지 않았다. 친구가 나를 좋아했고, 나 역시 친구와 있는 게 행복했다. 친구보다 좁은 집에 살면서도 친구만큼 책을 많이 갖고 있다는 사실도 내심 뿌듯했다. 하지만 할머니의 말은 엄마에게는 모진 상처를 줬다. 몇 년 전 엄마가 먼저 말을 꺼냈다. "그 집 살았을 때 주인집 할머니가 수정이 너랑 자기네 손녀랑 노는 걸 그렇게나 싫어했잖니. 못된 노인네." 나는 그랬어? 하고 대수롭지 않게 흘려들었다. 이야기를 보태 봐야 애써 아문 엄마의 상처를 다시 후벼 파는 꼴일 테니.

냄새에 민감한 어른이 되었다. 냄새나는 사람은 싫고, 냄새나는 사람을 친구로 맞이하고 싶진 않다. 냄새가 고약한 사람을 만나면 굳은 표정을 감추기 힘들다. 그런 어른이 되었다. 그러다 어느 날엔가 이제는 하늘의 별이 된, 설리에 관한 다큐멘터리를 보았다. 설리의 엄마는 연습생 시절 설리가 머리를 꼼꼼히 말리는 법을 몰라 냄새가 났었다고 슬프게 말했다. 사람들이 설리의 머리 냄새를 맡기 싫어 얼굴을 피했다고. 엄마인 내가 이런 것도 못 가르쳤구나 싶어 마음이 아팠다고 말했다. 속이 쓰렸다. 어느덧 나는 이층집 할머니 같은 어른이 되었는지도 모르겠단 생각이 들었다. 머리 냄새를 미워하는 어른. 아이의 냄새를 품어 주기는커녕 얼굴을 피하는 어른.

자주 잊고 살지만 아이의 세계는 어른의 세계만큼이나 복잡하다. 어린 시절의 우리를 가만 떠올려 보면 우리는 많은 것을 느끼며 살았다. 그걸 어른의 단어로 이름 붙일 줄 몰랐을 뿐이지. 냄새 때문에 친구와 생이별했다. 정확히는 가난의 냄새가 옮겨붙을까 두려워한 어른 때문에 헤어졌다. 사람들의 냄새에 조금은 관대해져야겠단 생각이 든 것은 설리의 다큐멘터리를 본 이후부터다. 다큐멘터리의 의도나 완성도야 어찌되었든, 내게 그런 마음을 심어준 것만큼은 확실했다. 편견을 알려 주기보다 위로해 주는 어른. 아이의 서투름을 다그치기보다 건강한 습관을 일러 주는 어른. 냄새로 편 가르기 하지 않는 어른. 그런 어른이 되어야겠다고 마음에 굵은 글씨로 새겨놓은 것을, 잊지 않으려 이렇게 글로 쓰며 다시 한번 다짐해 본다.

하 루 의

　　　　　냄 새

08:00

머리맡에서 진동이 울리면 겨우 눈을 뜬다. 귀가 열리고
눈이 열리면, 마른기침으로 입을 연다. 큼흠. 눈, 귀, 입이
잠에서 깨면 마지막으로 코가 일하기 시작한다. 아침 이
불은 밤사이 쌓인 남편과 나의 살냄새와 침 냄새, 머리 냄
새 같은 것으로 묵직하다. 어제 입을 벌리고 코를 골더니
오늘은 냄새가 좀 진하네. 냄새에서 지난밤 남편의 컨디

선을 가늠한다. 우리는 몸을 옆으로 틀어 서로를 바라본다. "잘 잤어?" "5분만 더 누워 있어야지." 남편은 눈을 겨우 뜬 채 전화기를 만진다. 나는 눈곱을 떼고 남편 옆에 착 붙어 눕는다. 아랫목에 누운 강아지 같은 소리를 내며 남편의 온기를 나눠 받는다. 남편의 팔뚝에는 로션 냄새와 수염 냄새와 푸르스름한 살냄새가 한데 섞여 말랑하게 묻어 있다. 그 냄새를 무척이나 좋아하는 나는 코를 갖다 대고 다시 강아지처럼 끙끙거린다. 남편은 내 볼에 뽀뽀하고 이불을 걷어 낸 뒤 욕실로 향한다. 하루의 시작이다.

08:30

남편이 씻는 동안 남편의 도시락을 챙긴다. 전날 담아 놓은 반찬을 도시락 가방에 넣고, 밥통을 열어 김이 솔솔 나는 잡곡밥을 도시락 통에 꾹꾹 눌러 담는다. 엄마가 해 줬던 밥 냄새와는 조금 다르다. 무엇이 다른 걸까. 엄마 밥 냄새는 구수했는데, 내가 한 밥 냄새에는 쓴 냄새가 얇게 섞여 있다. 흙냄새랄까 텁텁한 냄새 같은 것이. 밥통의 차이일까. 엄마보다 콩을 덜 넣어서 그런 걸까. 아파트 물 냄새 탓일까. 매일 아침 궁금하다.

따뜻한 습기와 함께 비누 냄새가 목덜미를 간지럽힌다.

남편이 욕실 문을 열고 나와 물기를 닦으며 도시락 싸는 나를 본다. "감사합니다." 이 말을 남편은 매일 빠지지 않고 한다. 남편은 새로운 마음을 발견하면 그 마음을 느낄 때마다 말로 표현한다. 가끔은 그 마음을 발견하는 데 서툴러 내가 직접 손에 쥐여 주기도 하지만, 어쨌든 한번 획득한 마음은 질릴 때까지 표현한다. 보디로션이라는 것을 나 만나기 전에는 생전 바르지 않던 남편은 이제 습관처럼 로션을 바른다. "로션 바르니까 확실히 몸이 덜 튼다." 이 말 역시 로션을 바를 때마다 한다. 잠결에 도시락을 싸고 있던 나는 남편의 언어들에 갑자기 잠이 확 달아난다.

08:45

남편이 주섬주섬 옷을 입는 동안 나는 양치를 한다. 카르륵 퉤. 치약은 LG생활건강에서 나온 히말라야 핑크 솔트 치약으로 정착했다. 이 치약만큼 개운한 게 없다. 치약 냄새도 너무 달지 않고 상쾌하다. 아침 세안은 도브 뷰티 바로 한다. 우유로 보드랍게 세수하는 기분. 그리고 이니스프리 블루베리 스킨과 피지오겔 로션을 참참 두드려 바른다. 결혼 전엔 온갖 화장품을 다 발랐는데, 이젠 딱 이 두 제품만 바른다. 언제부턴가 향이 강한 화장품을 쓰면

멀미가 난다. 예전엔 기초 제품도 향이 좋은 것만 골라 썼는데, 언제 이렇게 취향이 변한 걸까.

09:00

향수를 칙칙 뿌리면 남편의 출근 준비 끝. 남편은 연애 시절부터 지금까지 딱 한 가지 향수만 쓴다. 돌체앤가바나 라이트 블루. 남편을 만나기 전에는 내가 시시해하는 향수 중 하나였다. 너무 흔한 향수라서. 남편이 이 향수를 쓴다는 것도 처음엔 몰랐다. 익숙한 듯 새로운 향기가 좋아서 무슨 향수냐 물었더니 라이트 블루라고. 남편의 체취와 라이트 블루의 조화는 최고다. 현관 앞에서 인사를 나눈다. 잘 다녀와. 다녀올게. 웃는 남편의 얼굴 뒤로 바깥 냄새가 명랑하게 들어온다. 벌써 가을이네. 아침 공기 냄새는 유독 또렷하다. 계절은 밤사이 살금살금 계절경계선 근처까지 걸어갔다가, 아침이 되면 폴짝 뛰어넘는 게 분명해. 냄새는 이런 엉뚱한 상상을 하게 만든다. 다시 현관문이 닫히고 나의 하루가 시작된다.

09:15

베란다 창을 열어 환기를 시키고, 가습기에 아로마 오

일을 한 방울 떨어트리고, 유튜브로 좋아하는 플레이리스트를 재생시키고, 테이블에 앉아 레몬 한 조각을 띄운 미온수를 마신다. 어제 미처 걷어내지 못한 냄새가 새콤한 레몬 향, 아로마 향에 밀려 베란다 밖으로 멀리 도망친다. 환기를 자주 해야 한다. 그렇지 않으면 매일의 냄새가 차곡차곡 쌓여 텁텁한 악취로 변하고 만다. 그렇게 들러붙은 악취는 잘 떨어지지도 않는다. 집 냄새란 참 신기하다. 무얼 먹고 마시고 무얼 입고 지내는지 집 냄새에 모두 녹아 있다. 체취들은 우리가 직장에 나가 있는 순간에도 집에 머물러 벽지와 바닥, 이불 곳곳에 누워 있다.

청신한 냄새들에 둘러싸인 오전엔 레몬 물을 디저트 삼아 책을 읽는다. 활자를 읽으며 뇌를 깨운다. 사각사각 종이를 넘기는 질감과 소리와 냄새가 좋다. 물을 삼키며 책장을 넘길 때의 리듬이 좋다. 좋은 하루를 보낼 수 있을 것이란 확신이 책을 만지는 손가락 사이로, 냄새를 맡는 코끝으로 스며든다. SNS는 최대한 둘러보지 않으려 하는데 쉽지는 않다. 휘발되는 말과 사진들을 손가락으로 문지를 때면 내 시간도 함께 휘발되는 기분이 든다. SNS는 시끄럽지만 향기가 없다. 그러다가도 마음에 콕 박히는 피드를 발견하면 '그치. 맞아' 잠시 고개를 끄덕이곤 다시 엄지 손을 바삐 놀린다.

10:00

잠시 부리던 여유를 접고 노트북을 편다. 글을 써 보내고 클라이언트의 피드백을 기다린다. 기다리면서 가끔은 외고를 쓴다. 프리랜서는 어떤 면에서는 직장인보다 더 치열한 삶일 수도 있는데, 종종 생활인의 감각을 놓치기 쉽다. 프로젝트마다 입금일이 제각각이라서 그런 걸까. 출퇴근하지 않아 그런 걸까. 직장인의 리듬을 잊지 않기 위해 나는 타이머를 맞춰 놓고 글을 쓴다. 사무실에 앉아 일하는 마음으로. 1분 1초가 곧 돈이라는 마음으로. 그렇게 시간과 돈이 착실히 쌓이는 동안 뜨겁게 달궈진 노트북에서는 현실 세계의 냄새가 피어오른다. 지글거리는 CPU, 키보드, 마우스로 냉정한 일 이야기를 나누는 세계. 취향에 맞게 꾸민 냄새로 가득하던 집이 어느새 일터로 변한다.

13:00

피드백을 기다리거나 일하던 중에 짬을 내 늦은 점심을 먹는다. 직장인이었을 때 내 점심은 온전히 취재원의 것이었다. 그래야만 했다. 음식을 여유롭게 즐길 수 없었다. 귀를 쫑긋하고 일 이야기를 해야 했고, 그렇게 귀로 담은 이야기는 언젠가 기사가 되거나 정보 보고로 올라가야 했다. 회사를 그만두고 가장 좋았던 것은 점심을 먹으며 말을 듣지 않아도 된다는 점이었다. 오븐에 느릿하게 빵을 굽고, 요거트에 견과류와 잼을 올린다. 커피도 향긋하게 내리고 샐러드 위에 송로버섯 소금을 살살 뿌린다. 가끔 밥이 먹고 싶으면 밥과 반찬들을 꺼낸다. 뭘 먹든 내가 먹고 싶은 것으로 차려 천천히, 조용히 먹는다. 익숙한 집 냄새를 맡으며 익숙한 밥 냄새를 즐긴다. 냄새를 벗 삼아 혼자 조용히 점심을 먹는다. 1년째 혼자 먹는 점심인데도 외롭지 않다. 그동안 나는 밥과 함께 너무 많은 이야기를 들었다. 이제는 내 이야기에 귀 기울이며 밥을 먹는다.

13:30

먹은 것들을 치우고 설거지를 한다. 친정에서는 향이 강한 퐁퐁을 썼는데, 신혼집에서는 향이 없는 천연 세제를 쓴다. 분명 건강에 덜 나쁜 것임을 알지만 잘 닦이고 있는 것인지 의문이 들 때가 있다. 설거지할 때 늘 나던 퐁퐁 냄새가 없으니 허전하다. 뽀득한 맛이 없다. 설거지를 마치고 양치를 하고, 향을 피우며 밥 냄새를 쫓는다. 다시 테이블로 돌아가 일을 마무리한다. 피드백이 도착하면 수정 사항을 담아 글을 고친다. 오전 내 천천히 흘러가던 하루는 일을 하면 두 배속으로 재생된다.

18:00

일을 마치고 동네 한 바퀴를 돈다. 풀 냄새, 흙 내음, 공기 향기를 있는 힘껏 맡으며 천천히 걷는다. 마스크를 쓴 이후론 평소보다 더 힘을 다해 냄새를 느껴야 한다. 비슷한 헤어스타일과 비슷한 옷을 입으신 동네 할머니들을 지나, 몇 대의 자전거를 피해, 행복하게 산책 중인 강아지들과 눈을 여러 번 맞추고, 육교를 건너, 동네 천으로 간다. 몸이 무거워지니 조금만 걸어도 땀이 난다. 마스크에 송송 맺힌 땀방울에서 비릿한 내음이 난다. 이 계절은 마스크의 땀 냄새로 기억될까. 언제쯤 맨얼굴로 계절의 공기를 누릴 수 있을까. 약간의 울적함을 손바닥으로 밀어내며 앞으로 나아간다.

20:00

퇴근한 남편에게선 퀴퀴한 냄새와 도시락 냄새와 향수

냄새가 동시에 난다. 쫄쫄 현관 앞으로 달려가 얼마간 품에 안겨 그 냄새를 느낀다. "고생했어." 하루는 짧지만 남편은 오랜만에 보는 것 같다. 남편과 먹는 저녁은 늘 점심보다 푸짐하다. 맛있는 걸 먹고 행복해하는 남편을 보는게 뿌듯하다. 점심보다 더 다채로운 밥 냄새들을 맡으며오늘 있었던 일들을 나눈다. 혼자 먹는 점심의 냄새가 삼삼하다면, 남편과 먹는 저녁의 냄새는 알싸하고 달콤하고짭짤하다. 조잘조잘 떠드는 남편을 귀엽게 바라보며 밥을먹는다. 남편은 설거지하면서도 뭐라 뭐라 신이 나 이야기한다.

21:00

저녁 먹고 한껏 들뜬 남편의 손을 잡고 밤 산책에 나선다. 한낮의 공기보다 말간 냄새가 난다. 동네를 크게 한 바퀴 돌며 바뀐 계절을 실감하고, 하루치의 고단함을 거리에 흩뿌리고, 좀 더 선명해진 마음으로 집으로 온다.

23:00

산책하고 돌아온 집에는 우리만의 냄새가 난다. 그 냄새에 둘러싸여 남편은 게임기를 만지작거리고, 나는 책을 만지작거린다. 함께 머물 집이 있다니. 바깥을 서성이지 않아도 된다니. 언제쯤 이 마음이 새삼스럽지 않게 될까.

24:00

우리의 냄새로 가득한 집에서 같이 사는 행복. 그 새삼스러운 행복과 함께 침대에 눕는다. 서로의 로션 냄새가 이불을 움직일 때마다 살그머니 코를 간지럽힌다. "잘자." "사랑해." "내일 봐." 별것 없는 하루의 냄새가 그렇게 저문다.

분명히 기억하고
또렷이 느끼는 삶

이 글을 쓰고 있는 지금, 오랜만의 청명한 날씨에 베란다 문을 활짝 열어 뒀다. 며칠 부잇하던 하늘이 선명한 바다색으로 바뀌었다. 달력의 숫자는 어느덧 계절경계선을 넘어 가을 한가운데 서 있다. 내가 좋아하는 가을 냄새가 살금살금 거실을 가득 채운다. 흙 묻은 낙엽 냄새와 시원한 가을바람 향기. 그 내음을 맡으며 타닥타닥 책의 마지막 장을 쓰고 있다.

'책 한 권 분량을 꽉 채워 말할 수 있는 무언가'.

　　출판사 대표님으로부터 들시리즈에 관해 소개받았을 때, 온몸이 설렘으로 몽클거렸다. 책 한 권 분량으로 무언가를 말한다는 것. 말할 수 있다는 것. 생각만으로도 신나는 일 아닌가. 건네고 싶은 이야기가 많아 입은 자주 미소 지었고, 어서 활자로 옮기고 싶은 마음에 손끝은 내내 분주했다. 할 이야기가 많다는 건 그만큼 기억하고 있는 순간이 많다는 뜻이다. 목차를 정리하며 내가 무엇을 기억하며 살고 있었는지, 혹은 내가 무엇을 기억하고 싶은지 알 수 있었다. 글을 쓰며 이토록 가슴이 쿵쾅거렸던 적은 처음이다. 내 안에 묻은 냄새들을 더듬고 추억하며 참 많이도 행복했다. 기억만으로 코끝에 감도는 냄새들, 냄새에 묻어 온 기억들 앞에서 꿈처럼 행복했다.

　　잊고 싶어 발악했던 냄새들도 있었다. 잊지 않고는 도저히 하루를 버틸 수 없었던 나날들. 글을 쓰며 그것들이 내 안에 만들어 놓은 웅덩이들을 발견했다. 그곳에서 피어나는 냄새를 지긋이 바라보고선 웅덩이를 피해 씩씩하게 돌아 걸었다. 결국 잊고 산다는 건 어렵구나. 맞아. 그럴 바에야 분명히 기억하며, 느끼며 살아야지. 그래야지.

다짐의 문장을 새겼다.

가끔은 무얼 그렇게도 기억하고 사느냐는 이야길 듣는다. 피곤하지도 않냐고. 대충 적당히 그러려니 하며 살라고. 그러면 나는 속으로 묻는다. 기억하지 않고 사는 삶은 얼마큼 행복하냐고. 한없이 평온하냐고. 그리고 말한다. 나는, 오늘을 또렷이 느끼고 내 안에 새기는 삶을 살아가고 싶다고.

당신에게 이 책이 어떤 것을 남겼을지 모르겠지만 책을 읽는 동안 많은 것을 실감하고, 감각하고, 그것들이 기억에 새겨졌길 바란다. 그리고 책장 사이사이 묻었을 냄새들을 언제고 또 기억해 주길. 그 냄새를 맡을 때마다 이따금 펼쳐볼 책이 되길. 그런 책으로 기억되기를 작게 바라본다.

2021년 가을의 복판에서
김수정

냄새들

초판 1쇄 인쇄 2021년 10월 20일
초판 1쇄 발행 2021년 11월 1일

글 김수정
펴낸이 홍지애
펴낸곳 꿈꾸는인생
주소 서울 마포구 월드컵북로 400 2층
전화 070-4046-2371
팩스 02-6008-4874
이메일 lifewithdream@naver.com

979-11-91018-14-1 (04810)
979-11-91018-04-2 (세트)